지은이 김지원

인문교양 뉴스레터 '인스피아' 발행인. '읽는 재미'와
'한끗 다르게 생각하는 재미'를 전하고자 2021년 8월부터
'김스피'라는 닉네임으로 책을 기반으로 한 뉴스레터를
기획·발행하고 있다. 신·구간을 막론하고 한 편에
적게는 2권 많게는 4권의 책을 묶어 다루면서,
혐오·노동·환경·AI·미디어 등을 주제로 백 편이 넘는
뉴스레터를 썼다.
대학에서 문학을 전공하고 2013년에 경향신문에 입사해
정책사회부·사회부·문화부·뉴콘텐츠팀 등을 거쳤다.
그간 다양한 분야와 주제에 대한 기사를 쓰면서 '내 글이
정말 독자에게 가닿고 있을까?'에 대해 많이 고민했고,
독자로서도 '정말로 내게 말 거는 글을 읽고 싶다'는 바람을
가지고 있었다. 텍스트 생태계와 미디어 전반에 관심이 많다.
회사에서 도서관이 가깝다는 것이 최고의 복지라 생각한다.
읽기가 삶의 도구이자 더 나은 사회를 만드는 도구가
되기를 꿈꾼다.

지금도
책에서만
얻을 수
있는 것

© 김지원 2024
이 책은 저작권법에 의해 보호받는 저작물이므로
무단전재와 복제를 금합니다.
이 책 내용의 전부 또는 일부를 이용하려면
저작권자와 도서출판 유유의 서면동의를 얻어야 합니다.

지금도
책에서만
얻을 수
있는 것

사람들이
읽기를
싫어한다는
착각

김지원 지음

들어가는 말

즐거운 읽기 경험이 사라진 시대

오늘날 "나는 읽는 게 정말 즐거워"라고 말하는 사람이 얼마나 될까?

그런 사람이 있다면 대체로 두 가지 부류라고 생각한다. 첫째는 진심으로 글 읽기를 즐거워하는 극소수의 '독서 은하계' 거주민, 둘째는 읽기는 좋다라는 생각에 빠져 자신이 무엇을 좋아하는지도 모르는 채 일단 의무감으로 읽으면서도 겉으로는 아닌 척하는 사람. 물론 둘 모두에 속하지 않는 사람이 훨씬 많고, 그러니까 '문해력'이라는 단어가 이슈가 되고 있다.

나는 문해력 전문가가 아니다. 다만 예전부터 문해력

에 관심을 가졌던 이유는 문해력이라는 '유행어'를 둘러싼 국내 풍경이 능력을 위한 독서·독서를 위한 독서를 강권하는 모습과 크게 다르지 않다고 봤기 때문이다. 정부까지 나서서 '문해력을 키우자'고 이야기한다. 그 본의는 어떤지 몰라도, 잘해 봤자 둘째 부류의 사람들만 양산되는 듯하다.

　　문해력과 관련해, 곧잘 간과되고 있지만 중요한 개념 중 하나는 **무엇을 어떻게 읽을지를 스스로 판단하는 능력**이다. '정보의 홍수 속에서 과연 무엇을 읽을 것인가'는 21세기에 새삼스럽게 제기된 질문이 아니라, 오랜 세월 인류가 진지하게 붙든 질문이다. 시대를 막론하고 사람들은 자신들의 시대를 정보 홍수의 시대로 여겼다. 기원전 900년경에 쓰인 『성서』 「전도서」에 이미 "많은 책들을 짓는 것은 끝이 없고 많이 공부하는 것은 몸을 피곤하게 하느니라"[1]라고 쓰여 있다. 다산 정약용은 반산 정수철에게 "옛날에는 책이 많지 않아 독서는 외우는 것에 힘을 쏟았다. (하지만) 지금은 사고四庫의 서책이 집을 가득 채워 소가 땀을 흘릴 지경"[2]이라고 한탄했다. 구텐베르크 인쇄 혁명으로 사상 최초로 책이 '찍혀 나오기' 시작하던 1550년에 이탈리아의 작가 안톤 프란체스코 도니는 이렇게 불평했다. "책이 너무 많다 보니 제목들을 읽을 시간조차 없다."[3] 수많은 텍스트 중에 '어떤 것'을 취사선택해 '어떻게' 읽을 것인가는 딱히 오늘날뿐 아니라 오랫동안 모든 진지한 독자의 주된 관심사였다. 중요한 차이가 있다면 과거엔 그것이 '문제'라는 점은 알았지만 오늘날은 그걸 문제인지조차 인지하지 못하는 상황이라는 정도일까.

나는 이 책에서 '책'에 대해 주로 이야기할 것이다. 하지만 처음부터 '책을 읽겠다'는 마음으로 책 읽기를 시작한 것은 아니라는 점만큼은 서두부터 강조하고 싶다. 책 자체를 목적으로 한 것이 아니라, **이 시대에 가치 있는 텍스트 읽기 경험**을 추구하다 보니 **책으로 귀결**되었다. 이 차이는 꽤 크다.

엄밀하게 말하자면 나의 주된 관심사는 제 나름의 물성을 가진 책이라는 물건이라기보다 '주로 책의 형태로 제공된 텍스트가 신실한 독자들에게 오랫동안 제공한 진실한 읽기 경험' 및 그것을 가능하게 한 진심 어린 헌신·열정·노동이다. 그리고 그 '진실한 읽기 경험'은 오늘날에도 여전히 종이책을 통해 할 수 있다는 것이 내 판단이다. 이 판단의 경로를 이 책에서 설명하고자 한다.

◉ ◉

　오래전부터 나는 기사를 읽고 쓸 때마다 갈증을 품었다. 예를 들어 어떤 정치인이 반지성주의라는 단어를 써서 물의를 일으킨 사건이 발생하면, 통상 기사에는 그런 일이 발생했다는 '팩트'와 각지의 '반응' 정도를 싣는다. 만약 조금 더 긴 분석 기사라면, 과거에 반지성주의라는 말을 써서 물의를 빚은 다른 정치인의 사례나 반지성주의의 사전적 의미 또는 기원 그리고 기사의 주제에 맞는 전문가의 코멘트 한 마디 정도가 따라붙는다. 그러면 댓글에는 그 말을 한 정치인을 욕하는 글이 주루룩 달린다. 이때 언론사는 빨간 깃발을 들고 두두거리며 황소(여론)를 약올리는 투우사 같은 역할을 오랫동안 했는데, 요새는 깃발마저 개인 유튜브에 빼앗겨 어리둥절해 있다.

　그런데 이럴 때 반지성주의라는 말이 어디에서 기원했고, 그 맥락이 등장한 배경은 무엇이며, 오늘날 한국에서 어떻게 해석될 수 있을지 조금 더 파고든다면 어떨까?

　근래 길고양이 혐오·노키즈존 등에 대한 기사는 지역과 일시만 바뀐 채 똑같이 반복되고 있다. 사람들도 기사에 분노하거나 공감하는 등 둘 중 하나로 갈라지곤 한다. 양측이 서로의 이야기를 진지하게 들을 일 따윈 없다. 나는 조금 더 본질적으로 왜 사람들이 길고양이를 혐오하는지, 노키즈존은 왜 없어지는 편이 좋을지 등에 대해 바닥부터 성찰하고, 다른 관점으로 살펴보는 글을 읽고 싶다는 생각이 계속 들었다. 간혹 잘 쓰인 칼럼이나 SNS에서 이슈가 되는 글이 그런 역할을 하곤 했지만, 어떤 사안에 대한 짧은 글을 읽는 것만으로는 부족했다.

이때 책은 순식간에 생각의 밀도를 높여 주는 지팡이(혹은 디딤돌, 기폭제)가 되어 주었다. 어떤 주제에 대해 책 한 권 분량으로 고민한 흔적 그리고 그 흔적을 '굳이' 종이로 엮어 낸 결과물이 바로 책이기 때문이다. 글이든 영상이든 쉽게 쓰고, 쉽게 소비되는 시대에 여전히 책 한 권 분량의 생각을 삭여 내 오랜 시간 동안 자신의 주장을 겸손하게 검증하고 또 모은 결과물이 갖는 밀도는 결코 만만하게 볼 것이 아니다. 책을 펼쳐 들었을 때 나는 평소 기사를 읽으면서 느꼈던 무의미하고 소모적인 감정에서 벗어나 밀도 높고 흥미로운 시각을 접할 수 있었다. 그리고 생각했다. 모두가 지금 막 발생한 사건의 뉴스만을 숨 가쁘게 다룬다면 나

하나쯤은 아예 뉴스를 구실 삼아 조금 색다른 이야기를 책과 함께 늘어놓아도 괜찮지 않을까?

예를 들어 광복절을 앞두고는 매년 이어지는 비슷한 형식의 기사 대신 일본 저널리스트 헨미 요의 『1937 이쿠미나』를 진지하게 읽어 보며 악의 평범성을 고민하고 자신을 벌거벗는 단계까지 반성하는 사람의 몸부림을 숙연히 바라보면 어떨까? 전 여당 대표의 장애인 혐오 발언에 대한 기사를 리트윗하고서 '심한 욕'을 하고 마는 대신 극우 정치인 마린 르펜의 '말 돌리기 혐오'에 분노해 프랑스 언어철학자 필립프 브르통이 대단한 기세로 쓴 책 『조작된 말』을 소개해 볼 수 있지 않을까?

회사의 뉴스레터 프로젝트로 내가 2021년 8월부터 발송해 온 '인스피아'는 종종 서평 뉴스레터로 소개되곤 하는데, 매 편 꽤 여러 종의 책을 다루기는 하지만 처음 기획할 때부터 서평을 쓸 생각은 전혀 없었다. 나는 책을 담당하는 문화부 기자도 아니고 대단한 독서 마니아도 아니었다. 시작할 당시 목적은 단 하나였다. 필자든 독자든 모두 진절머리를 내고 있는 망가진 글의 생태계 안에서 **읽는 맛·읽을 가치가 있는·읽을 수 있는 텍스트**를 쓰고 싶다는 것. 그것을 위해서라면 주제는 어느 것이든 상관없었다. 책은 바로 이때 강력한 실마리가 되어 주었다.

어떤 주제든 모종의 진정성이 담겨 있는 책을 읽을 때 나는 본래 목적을 잊어버릴 정도로 빠져들었다. '읽고 싶은 글'에 대한 오랜 갈증과 뉴스레터를 준비하던 '진공의 시간'이 가져다준 재미였다. 그렇게 어떤 책이든 닥치는 대로 빠져들어 읽다 보니 '책을 읽는 게 이렇게 **재미**있다면 그냥 내가 느낀 이 **재미**를 레터에 써 보면 어떨까?' 하는 생각이 들었다.

레터에서는 책 소개나 책 자체에 대한 이야기보다는 내 질문을 앞세웠는데, 이유는 당시 내가 나의 질문과 답답함에 대한 해결의 실마리를 어떻게든 얻고 싶다는 생각으로 그 모든 책을 읽어 내려갔기 때문이다. 이를테면 정숙한 도서관이 아닌 왁자한 저잣거리 한귀퉁이에서 좌판을 벌여 놓은 채로 책을 읽은 꼴이다. 이렇게 해서 책을 지팡이 삼아 해찰한다는, 서평도 아니고 칼럼도 아니고 에세이도 기사도 아닌, 수상한 뉴스레터가 그야말로 얼렁뚱땅 시작되었다.

◉ ◉

　역사적으로 '읽기' 혹은 '정보 수용의 경험'은 시대에
따라 수없이 변화했다. 대부분의 사람이 글을 읽을 줄 몰랐
던 시기에는 이야기, 구전이 정보와 이야기를 전달(소비)
하는 주된 방법이었다. 주문형 출판POD·독립 출판 등이 '새
로운 미래'처럼 보이지만 오늘날 형태의 대량 출판이 정착
된 것은 19세기 들어서의 일이다. 이전엔 종이 뭉치로 읽거
나, 각자가 제본해서 읽었다.[4] 17~18세기 영국의 커피하우
스나 시장통에선 뉴스를 사람의 입으로 듣는 경우가 일반
적이었고, 20세기 초 한국의 신문종람소新聞縱覽所에서도 사
람이 뉴스를 읽어 주었다.[5] 그 시절에도 대중은 오늘날과
마찬가지로 맥락이 탈각된 단편적인 정보 뭉치를 스스로
수용하기 버거워했고, 이 때문에 교양이 풍부한 이야기꾼
이 직접 맥락을 덧붙여 해설해 주었다. 19세기 후반 일본 전
차에는 '음독'音讀을 금지하는 포스터가 붙었고, 숙박 시설에
서의 주된 벽간 소음 원인이 음독하는 소리일 만큼 소리 내
서 읽는 것이 일반적이었다.[6] 이후 라디오와 TV 등이 생겨
나며 사람들은 다양한 경로로 콘텐츠와 이야기를 소비하게

되었다. 오늘날의 모바일 스크롤 읽기에선 종이책 읽기의 특징인 건너뛰기·책등 읽기가 어렵거나 불가능하며, 스크롤 읽기는 오늘날의 종이책보다는 수천 년 전 두루마리 펼쳐 읽기에 가까운 경험이다.

이처럼 읽기 양상은 원래부터 다양했다. 우리는 다시 사람들을 주눅 들게 하는 '종이책 만능론'으로 가서는 안 된다. 책이라고 다 똑같은 책도 아닐뿐더러 어느 시기건 사람들은 자신을 즐겁게 하고 깜짝 놀라게 하고 쓸모 있는 이야깃거리를 접하기 원했다. 어떤 형태건 상관없이. 우리가 주목해야 하는 것은 읽기의 **겉모습**이 아닌 **본질**이다.

그리고 변화가 일어났을 때마다 일부 사람들은 눈을 치켜뜨기도 했지만, 대체로 변화는 결국 새로운 읽기의 장을 열었다. 오늘날은 스마트폰의 일반화·통신 속도 및 저장 방식의 급격한 발전을 통해 또 한 번 읽기 경험이 하늘과 땅이 뒤집어지(는 것처럼 보이)는 변화를 겪는 중이다.[7]

여기까지는 좋다. 하지만 "이렇게 바뀐 생태계에서 우리는 가치 있고 즐거운 읽기 경험을 하고 있는가?"라는 물음으로 시선을 돌려 본다. 과연 긍정적인 답변을 할 수 있을까? 이 물음에 대한 답을 찾아가는 과정은 필연적으로 책을 경유하게 되었다.

시대가 바뀌어도 사람들은 재미있고 자신에게 유익하고 신실한 글을 읽기를 원한다. 좋은 글을 마주하면 눈을 꿈벅대고, 때론 갸우뚱하다가도 깨우침을 얻어 읽는 기쁨을 느낀다. 중요한 것은 이런 글은 흔하게 어디든 널려 있는 것도 아니고 돌멩이처럼 공짜로 바닥에서 주울 수 있는 종류의 것도 아니라는 점이다. 좋은 글 한 편에는 저자를 비롯해 많은 이들의 헌신 어린 노력이 담겨 있다. 그런 헌신이 깃든 글은 오늘날 어디에 (많이) 모여 있는가?

이 물음에 나는 '책'이라고 답하고 싶다. 순식간에 무한에 가까운 정보를 뽑아낼 수 있다는 시대지만, 여전히 어떤 종류의 책은 더디게 출간된다. 책임감 있는 저자가 믿을 만한 정보를 엄선하고 자신이 일생 품어온 오랜 고민을 성실한 공부를 거쳐 글로 풀어내면, 편집자는 그것을 검증하고 읽기 좋게 교정한다. 그 외에도 수많은 노동이 켜켜이 더해진다.

생성형 AI와 메타버스의 시대에 종이책이 참 대단하다는 말은 얼핏 고루하게 들릴 수 있다. 하지만 온라인 생태계 안에서 지난 십수년간 독자들의 읽기 경험이 얼마나 실망스러웠는지 그리고 결국 우리가 읽고자 하는 목적이 무엇인지에 대해 떠올려 본다면 이때 종이책에 주목하는 것은 새삼스럽다기보다 오히려 시의적이다.

사람들은 주로 스마트폰·컴퓨터를 통해 일상적으로 인터넷에 접속해 정보와 기분 전환 거리를 얻는다. 무엇이 중요한지 보이지 않고 그저 자극적이며 무차별적으로 쏟아지는 글에 진절머리가 난 지 오래다. 이에 "뉴스 스트레스"에 대항하라, 스마트폰을 끄고 "도둑맞은 집중력"을 찾아야 한다는 말이 뜨거운 호응을 얻는다.

나 역시, 주로 인터넷 텍스트 생태계 안에서 읽고 썼던 시기에는 매일 같이 글을 쓰면서도 쓰지 못했고, 산더미 같은 글을 읽으면서도 읽지 못했다. 정말 깜깜하고 절망스러운 기억이다. 아마도 책과 별로 친하지 않던 내가 뉴스레터 준비 기간부터 지금까지 글자 하나하나를 바닥에서 빨아들이는 심정으로 책을 탐독했던 원동력은 너무 오래 지속되었던 좋은 글에 대한 굶주림이었을 것이다. 그리고 이제는 지금과 같은 생태계 안에서도 진짜로 재미있고 의미도 있는 읽기 경험을 할 수 있다는 것을 안다.

◉ ◉

　지금의 나는 진심으로, 읽는 것이 즐겁다. 즐겁지 않았다면 이토록 기묘한 형태의 뉴스레터를 2년 넘게 혼자서 붙들고 있지 못했을 것이다. 뉴스레터를 시작하고 난 뒤의 나는 어떤 것을 보든 더 각별히 관찰하게 되었고 막연한 궁금증이 들 때 우선 내가 원하는 정보에 어떻게 접근할지를 일상적으로 그리고 대범하게 생각할 수 있게 되었다. 무엇에든 책을 지팡이 삼아 접근하면, 처음에 내가 배우려고 의도하지 않았던 것까지 배울 수 있음을 알게 되었기 때문이다.

　책을 펼치고·직접 읽고·고민하고·끼고 뒹굴지 않으면 당도할 수 없는 세계가 있다고 믿는다. 바로 이 책을 통해서만 도달할 수 있는 세계가 있다는 걸 알게 되고 언제든 그 안에서 헤맬 수 있다는 감각과 작은 용기가 생겨나면 그때부터는 제멋대로 조금씩 그 안에서 자신의 영토를 넓혀 가면 될 일이다.

　무엇보다 중요한 것은 이렇게 책(정보)을 주체적으로 읽는 능력을 길러 가다 보면, 평소 접하는 조각 정보 역시 훨씬 주체적으로 관찰·판단할 수 있게 된다는 점이다. 가령 인터넷 기사·기사에 달린 악성댓글·유튜브 영상 등도 어떤 맥락 없이 각각 유리되어 있다면, 그 모든 것이 의미 모를 스트레스로 다가올 수 있지만, 그것들의 사회적 맥락 그리고 나와의 관계를 알게 된다면 모든 정보와 사건을 훨씬 흥미로운 '증상'으로 바라볼 수 있게 된다. 그리고 그 맥락을 가장 잘 파악할 수 있게 해 주는 밀도 높은 텍스트는 바로 책이다.

◉ ◉

사람은 내 안에서 해결책을 도저히 찾을 수 없을 때, 나라는 자아가 비좁게 느껴질 때 바깥을 본다.

우리가 읽는 것은 단지 시험에서 100점 맞고, 더 좋은 직장을 얻고, 날씨와 맛집 정보를 알고자 함이 아니다. 나의 고통을 이해하고, 원하는 정보를 정확히 찾고, 즐거운 읽을거리를 찾고, 몰랐던 세계를 알고, 타인을 진정으로 이해하고, 그들과 연대하고, 더 가치 있는 삶을 지향하는 등 더 나은 삶을 궁리하는 일이 모두 '읽기'와 긴밀히 연결되어 있다. 결국 읽기란 나를 벗어나 나의 바깥에 있는 세계를 들여다보고 받아들이는 행위이기 때문이다.

사람들이 제대로 읽지 못하고 소통을 향한 욕망도 품지 않는 '문해력 위기' 현상의 진짜 문제는 이런 것들이 불가능해진다는 데 있다. 이런 사회에서 개인은 자신에게 닥치는 모든 문제에 어리둥절한 채로 휩쓸릴 뿐인, 무력한 원자로 존재할 수밖에 없다.

내 목표는 책을 원래 잘 활용했던 사람들에게는 책을 바라보는 색다른 시각을 소개하고, 책을 원래 안 읽던 사람에게는 책에 이런 독특한 쓸모가 있을 수 있다는 점을 알려주고 거뜬히 가벼운 배낭을 지고 도서관으로 뛰어갈 기대감과 용기를 주는 것이다.

또한 궁극적으로 내가 이 책에서 말하고 싶은 것은, 당신이 언제 어디서 무슨 마음으로 이 책을 펼쳐 들었든 간에 이 '책'을 펼쳤고, 이 글을 만나게 되었다는 점이다. 그 경로를 분명히 기억해 주었으면 좋겠다. 내가 그간 고민해 왔던 고민의 한 조각만이라도 이 책을 펼친 당신이 가져간다면, 더 바람이 없겠다.

들어가는 말 ― 즐거운 읽기 경험이 사라진 시대   9

I   잃어버린 즐거운 읽기 경험을 찾아서

1   사람들은 여전히 '좋은 글'을 찾는다   27

2   읽는 맛·읽을 가치 있는·읽을 수 있는 글   37

3   문제는 문해력이 아니다   51

II   책은 [   ]다

4   책은 알고리즘의 대항이다   61

5   책은 원산지가 표시된 정보다   71

6   책은 가치 있는 텍스트를 모은 방주다   83

7   책은 다양한 읽기 경험을 돕는 도구다   91

8   책은 믿을 만한 지식의 지도다   99

9   책은 서문이 붙어 있는 글이다   113

III 도구로서의 책 읽기

10 3무 독서법: 부담 없이 · 중심 없이 · 대책 없이 읽기   123

11 '좋은' 책 불러오는 법:
     일상의 질문에 답이 되는 책 찾기   145

12 인터뷰 독서법: 대화하듯 읽기   155

13 읽기와 쓰기를 연결하는 메모법:
     독서 일기에서 서평까지   163

14 책이라는 기회: 책은 생각을 낚는 그물   171

나가는 말 — 읽기가 열어 주는 즐거운 소통, 환대의 세계   179

주   187

참고 문헌   193

I
잃어버린
즐거운
읽기 경험을
찾아서

1

사람들은 여전히 '좋은 글'을 찾는다

"요새 사람들은 글을 안 읽는다." 이런 얘기는 너무 자주 들어서 마치 "나무는 나무다"라는 말처럼 들린다. 반면 영상 소비는 가파르게 증가하고 있다. 정말로 곧 텍스트의 종말이 오는 걸까? 나는 오래전부터 이런 이야기에는 오해와 진실이 약간씩 섞여 있다고 생각했다.

우선 요즘 사람들이 정말 글을 읽지 않을까?

문화체육관광부에서 실시하는 국민독서실태조사에 따르면 이제 절반 이상의 성인이 1년에 책을 단 한 권도 읽지 않는다. 독서율은 거의 수십 년째 하락 일로를 밟고 있다.[1]

하지만 주목해야 할 것은 '온라인 텍스트 읽기 시간'이다. 종이책을 읽는 사람의 수는 줄지만, 전자책 소비와 온라인 텍스트 읽기 시간은 계속 늘고 있다. 온라인 커뮤니티에 올라온 기사 요약과 댓글·원고지 수십 매 분량의 나무위키 문서·메신저 대화 기록·각종 게시물·유튜브 댓글 등은 모두 텍스트다.

게다가 불과 백여 년 전인 1930년 기준 우리나라의 문맹률은 무려 80퍼센트에 달했다.[2] 『동아일보』는 1928년 3월 16일 자 기사에서 "어찌하면 우리는 하루 바삐 이 무식의 지옥에서 벗어날까. 어찌하면 이 글장님의 눈을 한시 바삐 띄어 볼까"라며 '글장님 없애기(문맹 퇴치) 운동'을 선언했다. 이렇게 보면 이토록 많은 대중이 일상적으로 글을 읽게 된 것이 유사 이래 처음인 것이다.

여러 텍스트 가운데 '기사'도 마찬가지다. 종이신문 구독자 수는 큰 폭으로 줄어들었지만, 이렇게 많은 기사를 여러 사람이 실시간으로 소비한 적은 이제까지 없었다. 여기에 더해 일상적으로 접하는 유튜브 교양 콘텐츠나 인터뷰 등을 넓은 의미의 텍스트로 포함한다면 요즘 사람들은 과거에 비해 훨씬 더 많은 글을 읽는다. 즉 사람들은 읽지 않는 것이 아니고, 덜 읽는 것도 아니다. 종이신문이나 종이책이라는 19-20세기에 전성기를 누린 매체를 멀리하게 되었을 뿐이다.

다음으로 사람들이 텍스트를 싫어하게 되었다는 말은 어떤가. 사람들은 텍스트를 싫어하는 것이 아니라, 다시 말해 텍스트가 (영상에 비해) 경쟁력이 떨어졌다기보다는 '나쁜 텍스트'를 싫어하는 것이다. 인터넷 공간에는 신뢰하기 어려운 정보와 자극적인 표현, 혐오와 부정적 감정을 일으키는 글, 무의미한 광고 목적의 글이 가득하다. 그곳에서 공들여 읽을 만한 텍스트를 마주하기는 점점 더 어려워지고 있다. 인터넷에서 원하는 또는 만족할 만한 텍스트를 찾거나 읽지 못해 시무룩해진 경험은 누구나 해 보았을 것이다. 무언가를 검색하려다가도 의도치 않게 눈에 들어온 '낚시성' 글 제목에 이끌려 몇 번이고 뒤로가기를 클릭하고, 불순물 범벅의 단순 '복붙'글(복사하기+붙여넣기를 반복해 생성한 글) 사이를 부유하다가 진절머리가 날 지경에야 머리를 흔들며 제정신을 차린다. 본래 찾던 것이 무엇인지조차 잊어버리는 일이 다반사다.

롤프 도벨리가 『가디언』에 써서 선풍적인 인기를 얻었던 칼럼 「뉴스는 당신에게 해롭다」는 곧 책으로도 출간돼 엄청난 인기를 끌었다. 그는 『뉴스 다이어트』에서 인터넷 뉴스를 백해무익한 담배 같은 것으로 취급하며 딱 끊기를

권한다.●

일각에서는 코로나 19가 유행하는 동안 온라인 읽기 시간이 늘어난 것이 언론사들에 긍정적인 영향을 주리라는 이야기도 있었지만 오히려 사람들은 이전보다 더 심각한 뉴스 스트레스에 시달리며 '뉴스 다이어트'를 고려하고 있다. 뉴스뿐 아니라 아예 인터넷 접속 시간을 줄이려는 시도가 늘고 있다.

이런 문제는 통상 미디어 플랫폼의 자장에서 다루어지곤 했고, 이는 타당한 접근이다. 세계적인 바이올리니스트가 스트라디바리우스를 연주해도, 시끄럽고 분주한 출근 시간대 지하철역 앞이라면 사람들은 좀처럼 귀를 기울이지 않는다.[3] 다만 나는 예전부터 텍스트 생태계의 문제를 '글'의 차원에서 고민해 보고 싶었다. 간단히 말해, 플랫폼의 문제를 차치하고라도 요즘 인터넷에 내가 읽고 싶은 글이 있는지 그리고 나는 그런 글을 쓰고 있는지에 대해 고민해 보고 싶었다는 말이다. 한 마디로 이렇게 압축할 수도 있겠다. 어쩌면 핵심 문제는 요즘 사람들이 읽고 싶은 글을 접하기 힘들다는 사실 아닐까?

우리는 평소 '인터넷에서 사람들은 왜 항상 싸울까?' '각자도생은 옳은 것일까?' 등의 막연한 질문을 품고 살아

● 대안으로는 '가치 있는' 정보만을 취사선택하는 짧은 런치 모임과 고전 철학책을 제시했다.

간다. 질문에 대한 답을 나름대로 찾아보려고 인터넷 고민 게시판에 글을 쓰거나 관련 기사 등 손닿는 곳에 있는 글들을 들여다보기도 한다. 하지만 대체로 무릎을 칠 만한 좋은 글을 접하는 경우는 드물다. 앞서 설명했듯 인터넷 플랫폼은 주로 자극적인 방식으로 눈길을 끄는 글을 우선 노출하기 때문이다.

한편 쓰는 사람은 아무리 열심히 써도 주목받지 못하고 제대로 된 대가를 받지 못하면서 좋은 글을 써야겠다는 의욕을 잃는다. 그리고 이렇게 쓴 글에는 독자에게 반드시 말을 걸겠다는 절박함과 진정성이 없다. 이런 식으로 독자와 필자가 서로를 불신하면 생태계에서는 깨진 유리창의 악순환이 반복된다.

이를 독자와 필자 중 어느 한쪽의 탓이라고 말하기는 어렵다. 아니, 서로를 탓하면 결국 서로에게 모두 손해다. 결국 남는 것은 상처와 분노 그리고 '노잼' 복붙 글뿐일 테니까.

그간 나는 엉망진창인 텍스트 생태계의 한복판에서 '쓰는 사람'으로도 '읽는 사람'으로도 오랜 기간 불만과 혼란에 시달렸다. 페이스북·트위터·카카오채널 등 다양한 SNS 채널이 왕성했던 2016~2017년경에 나는 뉴콘텐츠팀 소속 기자로 회사(언론사)의 SNS 관리·기획 업무를 맡았다. 주된 업무는 자사 기자들이 쓴 기사·칼럼 등을 모조리 읽고 그중 주요 기사에 코멘트를 붙여 SNS에 유통시키는 것이었다. 자사뿐 아니라 타 언론사의 글과 동향을 체크하려고 굉장히 많은 기사와 칼럼 그리고 댓글을 읽었다. 그리고 틈틈이 여러 커뮤니티를 검색하며 우리 회사 기사를 링크한 글이 있는지 살피고 반응을 확인하기도 했다.

이렇게 글과 대중 사이에 '다리를 놓는' 일을 수년간 반복하며 두 가지를 절실히 느꼈다. 첫째, 내가 정말 좋다고 느낀 기사와 칼럼은 대체로 다른 기자는 물론 일반 독자에게도 호응이 좋았다. 문해력이니 뭐니 하지만, 같은 기자가 보기에도 잘 취재해 핵심을 찌르는 참신한 글에는 굉장히 긍정적인 댓글이 달렸다. 좋다고 느끼는 포인트도 대체로 비슷했다. 반대로 겉보기엔 그럴듯하지만 정작 뭘 말하고 싶은지도 모르겠고 현장성도 없고 필자조차 논지를 제대로 이해하지 못한 채로 대충 분량만 채운 글이나 치명적인 부분을 애써 못 본 체 에둘러 피해 가고 안전지대에서 하나 마나 한 이야기를 하는 글, 써 놓고 정시 퇴근하는 것 같은 '웰빙글'에는 다들 놀라울 정도로 관심이 없었다. "무슨 말인지 잘 모르겠다" "왜 이런 하나 마나 한 소리를 하느냐"는 악

플은 꽤 높은 빈도로 핵심을 찌르고 있었다.

둘째, 사람들은 글의 생산자와 달리 그 글의 본질이 무엇이며 어디에서 왔는지, 장르가 무엇인지에는 별로 관심이 없었다. 이를테면 외부 필자의 칼럼을 읽고서도 "기자님 기사 잘 읽었다"고 댓글을 남겼고, 책 내용을 거의 그대로 다룬 서평을 읽고서도 "이런 기사를 쓰다니 나쁘다"라고 분통을 터트리기도 했으며, 팩트 위주의 스트레이트 기사를 읽고서 이렇게 맥락도 없이 짧게 툭 던져 놓으면 어쩌느냐며 불만을 표했다. 이럴 때마다 나는 '이 사람들이야말로 파스타를 볶음밥이라고 일컫는 사람 아닌가' 싶기도 했지만, 문득 전혀 다른 생각이 들기도 했다. 그러니까 읽는 사람 입장에서는 읽는 재미만 있으면 생산자가 정한 글의 장르나 형식이 무엇이든 상관없다는 얘기이다. 심지어 기사가 다루는 사건이 최근 일이 아닌 수십 년 전의 일이어도 상관없다. 『뉴욕타임스』의 부고 기사는 대부분 어떤 유명인의 사망 시점에 그의 전성기를 되돌아보는, 적어도 반세기 이상 지체된 글이지만 『뉴욕타임스』의 지면 개성과 품격을 보여 주는 핵심 읽을거리 중 하나다.

그 무렵 영미권에서 서브스택Substack을 위시한 뉴스레터 플랫폼의 성공은 내게 큰 감명을 주었다. 서브스택은

2017년 크리스 베스트● 등이 공동창업한 뉴스레터 스타트업으로 그들에게 핵심은 '알고리즘에서 벗어난 진정성 있는 모든 종류의 텍스트'였다. 그들이 발행하는 글은 정보 큐레이션부터 에세이·취재 후기·기사·서평·일기·칼럼 등 다양했다. 그곳에는 좋은 글을 읽을 의지가 있는 충성도 높은 독자와 좋은 글을 쓰며 소통하고 싶어 하는 필자가 모였다. 국내에서도 2018년쯤부터 뉴닉 등 뉴스레터가 유행하기 시작했고, 다수의 언론사 역시 다양한 포맷의 뉴스레터를 실험했다.

사실 뉴스레터의 유행은 새삼스러운 것이다. 이메일에 뉴스를 넣어 주는 형식의 뉴스레터는 이미 20세기 후반부터 유행했으며, 이런 뉴스레터에서 파생된 1인 언론사도 있었으니 말이다.

나는 영상의 시대에 이런 새삼스런 뉴스레터의 유행이 단지 아련한 노스탤지어와는 거리가 멀다고 생각한다. 뉴스레터라는 지대는 알고리즘이 망가트린 인터넷 텍스트 생태계 가운데서도 가치 있고, 돈을 내고라도 진짜 읽고 싶은 좋은 글을 찾아 나선 사람들의 공간이다. 내게 뉴스레터는 피난처이자 연구실이고 놀이터다. 뭘 다루고 싶은지 주제도 정하지 않은 채, 뉴스레터를 쓰겠다고 나선 이유다.

● 킥 메신저의 공동 창업자 출신으로, 2019년 3월까지 서브스택의 최고 경영자였다.

그간 '기레기 담론'을 언론계 내부의 문제로 비판하고 성찰한 기사들이 많았다. 저널리즘을 되살리려면 저널리즘 '본연의 정신'인 객관성으로 돌아가야 한다는 식으로 말이다. 하지만 저널리즘 본연의 정신이라는 것이 존재하고, 그것이 객관성이라는 생각은 이미 다수의 언론학자에 의해 반박되어 왔다.[4] 저널리즘의 역사에서 객관성의 이미지가 전면에 드러난 것은 20세기 초중반 무렵에 들어서다. 오히려 오랜 세월 동안 잡지·신문 등의 간행물은 '실용적인 읽을거리'(가치 있는 정보·새로운 소식·교양·오락 등) '커피하우스에서 수다 떠는 친구 같은 존재'로서 기능했다. 그럼에도 오늘날 텍스트 생산자들은 너무 오랫동안 읽고 싶은·가치가 있는·읽는 재미가 있고 실용적인 형태의 텍스트를 제공하는 일에 소홀했다.

사람들은 시대를 막론하고 자신을 깨우고·깜짝 놀라게 하고·감탄하게 하고·배꼽을 잡게 하고·때론 울상 짓게 만드는 좋은 글을 읽고 싶어 한다. 그래서 나는 바로 거기서부터 다시 시작하고 싶었다. 사람들이 읽고 싶어 하는 좋은 글은 무엇이며 어디에 있는가. 이런 글에 대한 궁리는 필연적으로 책에 대한 관심으로 이어졌다.

2

읽는 맛·읽을 가치 있는·읽을 수 있는 글

책에 대한 정의는 실로 다양하다. 그중에서도 가장 관대한 정의는 "책이 아닌 것 빼곤 다 책"이라는 것인데, 새삼 책의 다양성을 떠올려 보면 그 모든 것이 단지 엮인 종이 모양이고 일련번호(ISBN)를 가졌다는 점 때문에 책이라고 불린다는 것이 신기할 지경이다. 누군가 SNS에 써 온 글과 사진·아포리즘·블로그 연재글·기획 기사·칼럼·브런치 에세이·특정 시기에 특정 장소에 붙은 여러 포스트잇·일기·대담·인터뷰·색칠 공부·강연 속기록·여러 책의 서문 모음 등이 모두 '책'이다.

책을 정의하는 본질적인 단어를 하나만 꼽자면, 나는

'굳이'를 들고 싶다. 칼럼이나 지나가는 기획 기사로만 존재했어도 되는데 굳이 엮어서 수천 부를 찍고, 논문·SNS 글·누군가의 머릿속 생각으로만 존재했어도 되는 글을 굳이 많은 종이와 수고를 들여 인쇄소에서 찍어 낸다. 이 일련의 과정 속에서, 이왕이면 진위를 체크하고 독창적인 생각을 가려 뽑고 지식 생태계에 기여하려는 여러 움직임들이 유익한 정보를 거르고 모으는 관문이 된다. 책의 서문은 그 '굳이'의 경로를 또 한 번 굳이 드러내는 텍스트이기에 더 흥미롭다. 겸손한 저자의 서문에는 종종 이런 문장이 적히곤 하는데, 나는 이런 말이 인사치레만은 아니라고 생각한다. "나무에게 미안하지 않은 책을 쓰고자 노력했습니다……."

오늘날 책이나 종이신문의 '적수'는 다른 출판사나 언론사가 아니다. 모바일 폰게임·틱톡·유튜브·넷플릭스다. 넷플릭스 CEO 리드 헤이스팅스는 2019년 "넷플릭스의 가장 큰 적수는 인류의 수면 시간"이라고 했으니, 심지어 오늘날 텍스트 생산자들은 잠자는 시간마저도 잠재적 적수에 넣어야 할지도 모르겠다.

그런데 과연 '글'이 넷플릭스를 적대하는 건 수레 앞을 막아선 사마귀의 태도처럼 무모한 일일까? 나는 **읽는 맛·읽을 가치가 있는·읽을 수 있는 글이 있다면 승산이 있다**고 생각했다. 이유는 단순하다. 나부터 그런 글을 읽고 싶으니까. 그런데 책 가운데서는 읽는 맛·읽을 가치가 있는 읽을 수 있는 글을 비교적 수월하게 찾을 수 있다. 적어도 믿을만한 맛집 블로그에 비해선 말이다.

우선 책이 '읽을 가치가 있는 텍스트'인가에 대해서는 앞서 짧게 이야기했지만, 검증되고 많은 사람의 평가와 손을 거친 정보라는 측면에서 이야기할 수 있다. 부르크하르트 슈피넨의 『책에 바침』은 얼핏 보면 책의 시대의 조종弔鐘을 울리는 책처럼 보인다. 하지만 이 책에서 그는 어떤 사라진 종이책들에 대한 내용 외에도, 도저히 시대가 지나도 사라질 수 없는 종이책에 대한 이야기를 풀어놓는다. 그것은 바로 한 권의 생각이 '굳이' 책으로 만들어지기까지의 번거로움이다.

다시 한번 말하건대, 모든 책은 텍스트가 인쇄되어 나오기까지 넘어야 했던 장애물들에 대한 감각을 전해 준다.

그때 그 시절 열세 살 소년이었던 나에게 『범선의 전성기』의 어마어마한 가격은 내가 그 주제에 침잠해서 화보들에 빠져들고 도해들을 펼쳐 보기까지 얼마나 많은 공정들이 필요했는지를 똑똑히 알려 주었다. 그것은 유익한 가르침이었다. 우리가 그 가르침을 완전히 포기할 수 있을지는 잘 모르겠다.[1]

이 번거로움이 만들어 내는 가치는 특히 참고 도서나 입문서·논픽션의 경우 빛을 발하는데, 정보 가공 및 생산자의 입장에 국한해 보더라도 책만큼 '대단한 가성비'를 지닌 매체는 좀처럼 찾아보기 힘들다. 나는 부지런한 학자·기자 들이 어떤 주제에 대해 심도 깊은 조사와 연구를 거쳐 쓴 책을 보면 누가 나 대신 취재를 해서 '엑기스'만 추출해 담아 놓은, 분에 넘치는 선물꾸러미를 받아 안은 기분이 들기도 한다. 특히 그 책이 내가 오래도록 품었던 질문을 건드리고 있다면, 그 책의 가치는 감히 환산하기 어렵다.

우선 책의 접근성을 보자. 도서관에 가면 오랜 전통을 지닌 문헌 분류법의 도움을 받아 원하는 분야의 책을 쉽게 찾을 수 있다. 책의 서문·제목·차례는 그 안에 무슨 정보가 담겨 있는지를 깔끔하게 알려 주며, 중요한 대목엔 그 정보가 어디에서 비롯했는지 알려 주는 출처가 촘촘하게 달려 있다. 거기다가 그 책을 읽으며 해당 주제의 책을 더 찾아보고 싶어 하는 이들을 위해 '참고 문헌'에서 수많은 책을 소개하기까지 한다! 해당 책(정보 묶음)에 대한 메타 평가(서평)도 손쉽게 참고할 수 있다. 독자와 저자라는 두 세계를 넘나들며 다리를 놓는 편집자 덕에 가독성마저 좋은 데다가, 혹 그런 책이 다른 언어로 쓰인 경우 출판사와 번역가는 훌훌 읽기 쉽게 한국어로 번역까지 해 낸다. (꼭 읽고 싶은 책이 한국어로 번역되어 있지 않아 눈물을 머금고 더듬더듬 원서를 읽어 본 경험이 있는 사람이라면 이것이 얼마나 대단한 일인지 알 것이다.) 또한 책에서는 지금, 여기에서 벗어나 수백년 세월을 이기고 살아남은 고민의 정수를 손쉽게 접할 수 있다. 책의 훌륭함이 이 정도라면 대만 작가 탕누어가 "책만큼 저렴한 매체는 또 없다"라며 한탄한 것이 괜한 말로 들리지 않는다.

'읽을 수 있는' 텍스트란 말 그대로 가독성의 문제다. 그리고 이는 우리나라에서 글과 관련해 가장 오해되거나 혹은 무시된 가치가 아닐까 싶다. 문해력과 마찬가지로 가독성 역시 주로 교실·시험 등에서의 평가 기준으로(만) 이야기되곤 했다. 이것이 문제가 되는 이유는 통상 글을 둘러

싸고 어떠한 종류의 '불통'이 발생했을 때 그것이 무조건 읽는 사람의 문제로 환원되기 때문이다. 하지만 글은 말과 마찬가지로 필자(화자)가 있다면 독자(청자)가 있다. 소통이란 서로 공을 주고받는 놀이 같은 것인데, 만약 제대로 놀이가 되지 않는다면 이유는 여러 가지일 수 있다. 상대가 어린아이인데 던지는 사람이 공을 너무 세게 혹은 높이 던졌을 수도 있고 공이 너무 무거워 제대로 날아가지 않았을 수도 있다. 문제는 던진 사람·받는 사람·전달 과정 모두에서 생길 수 있다. 그런데 이 같은 '소통'에서 늘 읽는 사람 탓만 하다 보면, 불통을 해결할 수 있는 상황을 객관적으로 바라보지 못하게 된다.

언론사 입사 준비생들에게는 한때 '중2도 이해할 수 있도록 써라'라는 조언이 항상 따라붙었다. 이는 어려운 말 쓰지 말고 글을 평이하게 써라, 친절하게 써라 등 하나 마나 한 이야기처럼 치부되며 어느 샌가 누구도 입 밖에 내지 않는 먼지 쌓인 금과옥조가 되고 말았지만, 나는 이 말이 여전히 굉장히 중요하다고 생각한다. 이 말이 단지 평이한 글쓰기가 아니라, 상대방과의 커뮤니케이션 틀을 어떻게 만드느냐의 문제를 가리킨다고 생각하기 때문이다.

우치다 다쓰루는 『어떤 글이 살아남는가』에서 단순히

쉬운(=대중적인) 입문서를 쓰겠다면서 스포츠 선수나 연예인의 예시를 가지고 오는 것은 독자를 바보 취급하는 것이라며, 상대에게 직접 말 거는 글쓰기의 필요성을 강조한다. 독자에게 말을 걸겠다는 마음으로 쓰인 글은 비록 어렵더라도, 왠지 모르게 어떻게 해서든 더 읽고 싶다는 마음이 들게 한다. 이런 글이야말로 '읽을 수 있는' 텍스트의 본질일 것이다. 즉 '중2도 이해할 수 있도록 써라'라는 것은 결국 '중2도 읽고 싶은 마음이 들게 써라'와 다름없다. 정말로 내가 읽고 싶은 마음이 드는 글은 검색을 하고 사전을 찾아서라도 읽게 된다. 단순히 평이한 단어를 쓰고 존댓말을 쓴다고 해서 읽고 싶은 글이 되는 것이 아니다. 반드시 **상대방에게 직접 말을 거는 방식의 글쓰기여야** 한다.

> 그것이 자기 앞으로 온 메시지라는 것을 알면, 비록 그것이 아무리 문맥이 불분명하고 의미조차 불분명하더라도 인간은 귀를 기울여 경청합니다. 경청해야만 합니다. 만약 그것을 이해할 수 없다면 이해할 수 있을 때까지 자기 자신의 이해의 틀 자체를 변화시켜야 합니다. 그것은 인간의 안에 깊이 내면화된 '인류학적 명령'입니다 (……) 상정하는 독자가 없는 텍스트는 꾸물꾸물합니다. 어디를 보

고 있는지 알 수 없기 때문에 공중에 시선을 두고 이야기
하는 사람처럼 트릿한 어조를 띱니다. 똑바로 시선을 맞
추면서 '알아듣겠어요?' 하고 표정으로 확인해 가면서 이
야기를 하지 않으면 속도를 낼 수 없습니다.[2]

이는 단순히 쉽고 어렵고의 문제가 아니라고 생각한
다. 지금까지 내가 글을 쓰려 읽은 대부분의 책 속 텍스트는
이처럼 나를 향해 똑바로 눈을 맞춘 채 서문부터 확 멱살을
잡았다. 저자의 절실한 고민과 진정성이 녹아 있는 글이었
다. 설령 난해하더라도 이런 글들엔 왠지 모르게 계속 머리
를 갸웃거리면서도 읽게 되는 힘이 있다.

오에 겐자부로는 어렸을 때 도저히 어려워서 뭔 소린
지 모르겠지만 왠지 모르게 계속 더듬어 보고 싶은 책들을
읽으려고 나무 위에 오두막을 지었다.[3] 아마도 그런 책들
이 바로 이런 책들이리라. 내 주된 관심사는 '읽고 싶은 글'
과 '쓰고 싶은 글(써야 한다고 생각하는 글)' 사이의 간극을
어떻게든 줄이는 것이다.

나는 대중의 '문해력'보다는 '귀 기울일 줄 아는 능력'
을 믿는다. 문해력과 귀 기울일 줄 아는 능력은 다른데, 통
상 문해력이 '고정된 텍스트'를 '읽어 내는' 독자 입장에서의

능력'을 일컫는다면 귀 기울일 줄 아는 능력은 자신에게 말 거는 텍스트가 자신의 앞에 당도했을 때 난해하고 복잡한 감정이나 개념도 어렴풋이 느끼고 더 알아보고 싶어 하고 공부하고 싶어 하는 능력이라고 생각한다. 우리는 여전히 헌법재판소·법안 발의 과정·통화 스와프·선거법 개편·생활동반자법 등의 복잡하고 난해하고 까다로운 이야기를 할 수 있고 해야 한다. 단 제대로 전하려면 이것이 왜 필요한지, 핵심이 무엇인지 '듣고 싶은 마음'을 이끌어 내는 게 먼저다.

이를 위해선 독자 쪽에서의 역할(문해력) 뿐 아니라 쓰는 사람 쪽에서의 노력도 필요하다. 쓰는 사람 몫의 노력이란 상대가 내 말에 귀 기울이게, 솔깃하도록 '커뮤니케이션 틀'을 만드는 일이다.

'읽을 맛'도 중요한 문제다. 우리는 통상 신문 하면 진지함, 고루함 등의 단어를 떠올린다. 하지만 생각보다 옛날 신문에는 웃긴 이야기도 많았다.

『경향신문』은 2015년부터 약 6년간 '오래전 이날'이라는 코너 기사를 발행했는데, 이는 수십 년 전에 발행된 같은 날짜 신문 중 흥미로운 기사를 발굴해 오늘날의 관점에서 '해찰'해 보는 기획이었다. 당시 모바일팀 소속이었던 나는 이 코너를 쓰려고 1950~1960년대 기사 아카이브를 꼼꼼히 들여다보면서 웃음을 터트린 적이 많다. 오늘날엔 '감히' 신문에 쓰이기 어려운 표현들도 잘 쓰였기 때문이다. 예를 들면 사건 기사가 갑자기 뜬금없이 훈계조로 끝나 버리거나, "미친개병" 예방 주사를 맞으려고 보건소에 모여든 "똥개 등의 견공"을 그린 풍경도 등장한다. 그 시대의 유머 코드를 알 수는 없지만, 아마 그 시절에도 저런 대목을 쓰고 읽으며 조금은 피식댔으리라.

20세기 미국의 전설적인 기자 이지 스톤은 시대를 앞서간 1인 뉴스레터 발행인이기도 했는데, 그는 결코 자신의 글에서 읽는 재미를 빼놓지 않았다. 급진적인 성향으로 인해 평생 FBI의 감시를 받았던 그는 생전 공산당에 대해 이렇게 말하기도 했다.

나는 공산당원이었는데 너무 지겨워서 탈당했다고 말하는 편이 채색되지 않은 진실에 가깝다고 할 수 있다 (……) 10분의 1만큼이라도 매력적이었다면 그들은 벌써 국회의

원을 배출했을 것이고 기관지인 『데일리 워커』 직원들에게 월급도 잘 주고 있을 것이다.[4]

그는 어릴 적 자가 인쇄 신문을 팔려고 "시 같지 않은 시를 올리는가 하면 말장난을 한답시고 말이 안 되는 소리를 늘어놓기도" 했다. 이처럼 대중을 상대로 한 이야기나 글에서 재미를 추구하는 것은 비단 20세기 이후의 이야기가 아니다. 누군가 쓴 딱딱한 정보성 글을 오랫동안 읽는 것은 당연히 힘든 일이었고, 아주 오래전부터 사람들은 흥미로운 읽을거리를 원했다.

진지해 보이는 책에도 의외로 종종 재밌는 구절이 등장한다. 이는 꼭 고급스러운 '지적 재미'의 차원만을 말하는 건 아니다. 나는 책을 읽다가 재밌는 대목이 나오면 밑줄을 긋고서 키득대곤 한다. 예를 들면 마빈 해리스는 『음식문화의 수수께끼』에서 애완용 말을 기르는 부부 집을 방문해 말고기 패스트푸드점 이야기를 하다가 "잠재적 말도둑" 취급을 당하기도 하고(다행히 곧 "멍청한 인류학자"로 평가가 바로잡혔다), 발터 벤야민은 1930년 한 에세이에서 무화과를 사서 돌아가려는데 봉투가 없어서 재킷 주머니와 입에 잔뜩 넣은 채 먹으며 걸은 일화를 소개한다.

야마무라 오사무는 이런 진지한 책 속 웃긴 대목에 대해 '효우탄츠기'●라고 이름 붙이기도 했다. 책 속에서 이런 대목에 맞닥뜨리면 아무리 진지한 주제에 대해 고민하다가도, 결국 작가·학자 들 역시 우리와 마찬가지로 고민하고 웃을 줄 아는, 그리고 은근슬쩍 웃기고 싶어 하는 한 명의 인간이라는 점을 떠올리게 된다.

하지만 오늘날 우리가 마주하는 글 가운데 이런 인간적이고 소박한 유머가 깃든 글이 얼마나 있는가? 대부분 맛도 멋도 없는 글 아닌가? 또한 '글' 말고도 재미있는 것들이 잔뜩 있는 시대이니 오히려 더 독자를 꾸짖고 엄숙하게 가겠다며 있는 재미마저 쭉 짜내 난삽하기만 한 글로 독자의 얼을 빼놓으려 한다면 이는 불가능한 일을 강요하는 것이다. 이건 요즘 사람들이 '도파민 중독'이라 그런 게 아니라, 인간은 원래 세상에 재미라는 것이 없어도 살 수 있는 엄숙한 동물이 아니다. 오늘날의 독자는 무슨 말을 하고 싶은 건지 헷갈리고 어렵기만 한 글을 감내할 이유조차 없고(일단 교실을 빠져나오면), 아마도 거리를 걷는 시민의 상당수가 철학자였던 고대 그리스에서든, 가족 단위로 공원에 모여 피크닉을 즐기며 10시간짜리 대통령 후보 마라톤 연설을 듣던 18-19세기 미국에서든 마찬가지였을 것이다.

● 조롱박이라는 의미로, 데즈카 오사무의 만화에 나오는 우스꽝스러운 캐릭터 이름이다. 진지한 대목에서 힘을 뺄 때 등장하곤 한다.

그러니 글에서는 그 시대에 맞는 문체를 발견하는 것만큼이나, **그 시대에 맞는 재미를 발견하는 것**이 중요한 문제가 아닐까? 글의 목적이 '읽히는' 것이라면 말이다.

인터넷에 있는 수많은 텍스트 역시 마찬가지다. 적당히 신조어를 쓰고 존댓말을 쓰고 기묘한 '잘파'세대 최신 유행어와 밈만 갖다 붙인다고 '친근하고 재미있는' 글이 되지는 않는다. 오늘날 인터넷 텍스트 생태계에서 지적 재미를 주는 글은 더 찾기 힘들어졌으며, 각자의 수준에 맞는 '읽을 수 있는 글'을 찾는 것도 더 힘들어졌다. 이유는 간단하다. 이런 종류의 글쓰기와 글의 유통엔 각별한 노력이 필요하기 때문이다.

상대적으로 책은 '읽을 수 있는 글'을 손쉽게 찾아낼 수 있는 공간이자, '읽는 맛 있는 글'을 많이 만날 수 있는 소중한 곳이다. 물론 이런 필치로 쓰인 책이 아주 많지는 않지만, 적어도 인터넷에서 그런 글을 찾는 것보다는 도서관에서 찾는 것이 훨씬 더 수월하다. 나는 최근 이슈인 SNS 글보다도 서가에서 찾아낸 오래된 책 속에서 펄떡펄떡 뛰는 문장을 바라보며, "우리 시대에도 이런 '읽을 수 있고 읽는 맛나는 글'을 욕망해도 되겠구나"라는 생각을 하게 되었다. 그리고 우리 시대 읽기 경험이 진절머리가 나게 된 상황의

이유와 해결을 궁리하는 데 책이 중요한 실마리가 될 수 있
으리라 판단했다.

3

문제는 문해력이 아니다

'문해력'이라는 단어가 큰 이슈다. 구글 검색어 추이를 보면 이전까지는 거의 등장하지 않다가 2021년을 기점으로 큰 폭으로 언급이 늘었다. 2021년 5월 경제협력개발기구OECD의 '청소년 디지털 문해력 조사'에서 한국 청소년들(만15세)이 사실과 의견을 구분하는 능력에서 최하위권을 기록했기 때문이다. 글자는 알지만 실제로 그 문장이 정확히 무엇을 뜻하는지를 모르는 실질 문맹률이 75퍼센트에 달한다는 얘기도 있다. 이에 여러 방송 프로그램에서 문해력을 다루기 시작했고 정부도 '학생들의 문해력 향상'을 시급한 당면 과제로 내걸었다. 대체로 언론에서는 다음과 같은 뉘앙스로 문해력을 다뤘다.

- "사흘이 4일 아닌가요" 유튜브에 익숙한 2030세대 한글 능력 떨어져[1]
- "고지식이 높은 지식인가요?" 읽어도 이해 못하는 아이들[2]
- '심심한 사과' 모르는 우리 아이…… 독서로 문해력 키워야[3]

이런 기사의 핵심은 거칠게 말해 요즘 글 안 읽는 학생들을 '한 대 쥐어박자'는 것이다. 나아가 글 안 읽기는 성인도 마찬가지이므로 성인 역시 나란히 쥐어박히기도 한다.[4] 하지만 누가 누굴 쥐어박든 간에, 이런 이야기는 '(책은 무조건 좋은 것이므로) 좀 읽어야 하는데'와 '절대 읽기 싫다'의 강한 대립 구도 안에 꽉 갇혀 있다.

문해력이라는 단어에 씌워진 '이미지'도 문제다. 국내 언론이나 정부 보도 자료에서 문해력이라는 단어는 흔히 '언어 영역 독해 실력'이나 '어휘력'이라는 개념과 단단히 연결되어 있다. '얼마나 빨리 읽는지' '얼마나 완벽하게 읽는지' 정도로 의미를 한정하는 것이다.

이런 맥락에서 문해력은 마치 수학 문제를 빨리 푸는 능력처럼 온전히 '개인의 능력'으로 여겨진다. 텍스트는 완성된 '문제'의 형태로 퀘스트처럼 눈앞에 놓여 있고, 그것은 단지 내가 습득해야 할 '정보'의 덩어리이므로 효율적으로 격파하고 정복해야 할 대상에 불과하다. 과연 그럴까?

문해력을 한자로 쓰면 '文解力', 영어로 쓰면 'Literacy'다. 문해력의 의미는 한 마디로 요약하기 어렵지만 결코 단순히 어떤 단어의 뜻을 알거나 어떤 텍스트를 완벽하게 읽어 내는 것에 국한되지 않는다. 유네스코는 2018년 리터러시를 "다양한 맥락의 인쇄 자료 등을 이용하여 텍스트를 식별·이해·해석·생성·전달·계산하는 능력"이라고 정의했다. 조병영 교수는 "텍스트를 읽고 이를 기반으로 실천하는 능력"(실천적 의미 구성 능력)으로까지 리터러시의 정의를 확장한다. 문해력을 굉장히 좁은 의미로만 사용하는 사회적 통념에 반발해 사회학자 엄기호는 인지언어학자 김성우와 함께 쓴 『유튜브는 책을 집어삼킬 것인가』에서 "문해력은 (타인의 텍스트에) 응답하는 힘"이라는 결론을 내놓기도 했다.

소통은 개인의 능력이 아니라 양쪽이 함께 주고받는 핑퐁게임 같은 것이다. 타자(상대)의 말과 글은 내게 다가와 나를 바꿀 수 있고 반대로 나의 말이 상대를 바꿀 수도 있다. 다른 생각이 부딪치는 과정에서 예상치 못한 생각의 싹이 트기도 한다. 텍스트를 읽을 때, 그 텍스트가 신뢰할 만한지 면밀히 살피는 한편(동시에) 마음을 열어 두어야 하는 이유다. 텍스트를 나와 분리된 객체, 정복해야 할 무언가로 바라보는 시각은 소통을 방해한다.

나는 예전부터 문해력이라는 단어에서 잘 주목받지 못하는 '즐거움을 위한 읽기' 측면을 강조하고 싶었다. 앞서 말했듯, 이 시대 사람들은 쏟아지는 텍스트 사이에서 밀쳐지고 부유하듯 살아가고 있다. 어렸을 때도 성인이 되어서도 즐거운 읽기 경험을 해 본 적이 없다. 어렸을 때는 주로 책이 평가를 위한 학습의 수단이었기 때문에, 커서는 제대로 읽을 여유나 제대로 된 텍스트를 접할 기회가 없기 때문이다. 그 와중에 스마트폰을 통해 쉽게 접할 수 있는 텍스트는 대체로 편집되지 않고 자극적인 데다 깊은 생각을 할 만한 좋은 글이 아니기 때문에 읽기 경험은 점점 더 나빠지고 있다.

하지만 나는 다시 강조하고 싶다. 대부분의 사람은 텍스트 읽기 경험을 싫어하는 게 아니라 진실하고 재미나고 자신에게 말을 거는 양질의 텍스트를 읽어 본 경험이 거의 없는 것이다. 사람들이 읽기를 거부하는 것처럼 보이는 이유는 쉽게 접할 수 있는 반경 안에서 좋은 텍스트를 찾기도 힘들뿐더러, 그것을 읽을 여유도 없고, 나아가 자신이 관심을 갖고 있는 분야에 대해 좋은 텍스트를 찾아낼 안목과 지도가 전혀 없기 때문이다. 그런 것들을 어떻게 찾아야 하는지, 왜 읽는 게 재미있고 흥미진진한 일인지를 알려 주는 사람도 없었다. 정말로 더 많은 사람이 책을 읽도록 하려고 문해력을 주장하고 싶다면, 차라리 이쪽을 강조하는 편이 나을 텐데, 아쉽게도 오늘날 문해력에 대한 논의는 오히려 읽기에 대해 더 주눅 들게 만드는 방향으로 행진하는 중이다.

오늘날의 인터넷 플랫폼 생태계는 우리가 원하는 모든 정보를 펼쳐 보여 주겠다는 환상을 제시하지만, 그것은 번쩍번쩍한 성 그림이 그려진 판넬로 가려진 오두막 같은 것이다. 포털사이트에서 얻을 수 있는 글이라고는 기껏해야 키워드 광고를 위해 저작권을 무시하고 무자비하게 짜깁기한 조각글, 검색 엔진에 최적화 된 검색어가 중간중간 끼어 들어간 자동 생성 텍스트, 광고 목적의 홍보 글 등이다. 그런 텍스트 사이에서 사람들은 결국 실망하며 읽기 경험 자체에 대한 마음의 문을 닫아 버린다.

이는 당연한 일이다. 커피라는 음료에 처음 관심을 가

지게 된 사람이 주변에서 커피를 구했을 때 가장 쉽게 얻을 수 있는 것이 맛있는 커피는커녕 커피 맛인지 크레파스 녹인 물인지도 분간하기 힘든 괴상한 액체라면 그 사람은 높은 확률로 커피 자체를 싫어하게 될 것이다. 즉 인터넷 플랫폼 생태계에서 일어나는 상황을 모조리 무시한 채, 단순히 요즘 사람들이 읽기를 싫어한다고 꾸짖기만 하는 것은 정말 이상한 일이다.

그럼에도 나는 우리가 조금만 더 신경을 쓰면, 조금만 주체적으로 더 나은 글을 찾아 읽으려고 노력하고, 자신의 질문에 귀를 기울이면, 단지 '평가를 잘 받을 수 있다'든지 '아는 척을 잘 할 수 있다'라는 쓰임새를 넘어서 자신의 삶과 생각을 넓힐 수 있는 정말로 즐거운 읽기 경험을 할 수 있다고 강조하고 싶다.

그리고 한 가지 도구가 있으면 이 과정이 훨씬 유연해진다는 것을 내 경우는 뉴스레터를 발행하며 몸소 체험했다. 책이라는 도구다. 물론 책이 모든 것을 알려 주는 선생님은 아니다. 다만 어떤 막연한 질문을 떠올린 상태에서 어떤 책에 마주하고 어떤 식으로 통과할 것인지, 어떤 지도를 들고서 어떤 지점에서 헤매기 시작할 것인지, 어떤 이야기꾼과 만나 어떤 이야기를 들을 것인지 선택하는 것만으로도 훨씬 재미있는 읽기 경험을 하고, 재밌는 생각을 떠올려 볼 수 있게 된다.

2부에서는 오늘날의 읽기 생태계를 살펴보며 이 '책' 이라는 매체가 이 시대에 어떤 의미가 있는지에 대해 풀어 보도록 하겠다.

책은 [　]다

4

책은 알고리즘의 대항이다

기계는 일이 부딪치게 되는 세계의 저항을 극복하기 위해서 만들어지는 물건이다. 기계는 그 일을 하기에 '좋다'. 구석기 시대의 화살은 순록을 죽이기에 좋고, 신석기 시대의 쟁기는 토지를 다루기에 좋고, 고전적인 풍차는 곡식을 밀가루로 빻기에 좋다 (……) 기계는 문제를 풀기 위해 만들어진 것이지 다른 문제를 일으키려고 만들어진 것이 아니다.

　　— 빌렘 플루서[1]

질문 하나로 글을 시작해 보고자 한다. 과연 스마트폰

은 '좋은 읽기 도구'일까? 도구의 정의를, 우리가 어떤 행동을 할 때 그 행동을 가장 적합하게 보조해 주는 장치라고 할 때 말이다.

SNS나 유튜브를 종종 보는 편이다. 트렌드 조사 명목 반 기분 전환 반인데, 휴일 낮에 누워 휴대전화로 잠깐만 봐야지 하면서도 방심하면 세 시간이 훌쩍 지나 버려 눈물을 흘리고 싶어지기도 한다. 그런데 하루 동안 우리가 눈에 담는 것 가운데 정말로 우리의 의지대로 보는 것은 얼마나 될까?

일단은 온라인 체류 시간이 하루 깨어 있는 시간의 약 50퍼센트이기 때문에[2] 이 질문에 답하려면 온라인에서 우리가 보는 것에 대해 반드시 생각해 보아야 한다. 그런데 온라인에서 우리가 친숙하게 보는 풍경 가운데 우리가 결정할 수 있는 것은 생각보다 적다. 우선 주로 사용하는 플랫폼의 정책이 바뀔 때마다 노출 방식이나 알고리즘이 달라진다. 예를 들어 한때 사람들은 매일 '네이버'에 접속해 자연스레 가장 먼저 실시간 검색어와 이를 기반으로 한 각 언론사의 기사나 글을 보았다. 제목을 대강 읽은 뒤 댓글을 본다. 하지만 네이버가 2018년 메인화면을 대대적으로 개편하면서 뉴스 소비 행태는 크게 바뀌었다[3]. 이를 통해 사람들은 '어떤 기사'를 보느냐가 문제가 아니라, 기사를 안 봐도 되는구나 하는 급진적 깨달음(?)을 얻었다. 2019년, 2023년 각각 다음이 연예 뉴스의 댓글창을 막고 댓글을 실시간 채팅방 형식의 '타임톡'으로 바꾼 것도 큰 변화였다. 핵심은 포털이 알고리즘이나 정책을 어떻게 바꾸느냐에 따라 우리가 보는 글과 소통 방식이 바뀔 수 있다는 점 그리고 거기에 생산자와 소비자는 어떠한 의견도 제기할 수 없다는 점이다. 우리가 의도치 않은 정보를 볼 때 그것이 우리에게 세렌디피티를 줄 수 있다면야 큰 문제가 되지 않는다. 하지만 오늘날 인터넷에서 생기는 우연한 만남 대다수는 유쾌보다는 불쾌에 가깝다.

우리는 플랫폼 정책의 변화, 즉 알고리즘과 노출 방식의 변화가 특정 플랫폼에 국한된 것이라고 생각하곤 한다. 하지만 절대다수가 주로 그 플랫폼을 통해 글을 읽고 있다면 그것은 특정 플랫폼에 대한 일이 아닌 우리 '읽기'에 대한 문제다. 읽기는 사람의 감정을 뒤흔드는 '소통'과 직결되어 있다. 따라서 읽기의 문제는 더 나아가 삶의 문제라고까지 할 수 있다. 그러나 플랫폼이 알고리즘 및 노출 방식을 바꾸는 기준은 당연하게도 철저히 '수익'에만 맞춰져 있다.

행동디자인 전문가 니르 이얄은 『훅』에서 사람의 '중

독 감정'과 '본능'을 건드리는 설계를 강조한다. 예를 들면 메일함 기능에 정리를 다하면 '만세'를 외치는, 성취감을 주는 일러스트를 넣거나, 다른 사용자와 비교하여 개개인의 경쟁심을 자극하는 것 등이다. 이처럼 인간의 본능적인 성취 욕구 등을 활용한 중독적인 요소로 고객을 붙잡으라는 '중독 마케팅' 조언은 마케팅 업계의 바이블이 되었다. 이런 원리로 알고리즘을 짜면 대부분의 앱 개발자들의 가장 큰 고민인 '재방문율'과 '충성도'를 높일 수 있다. 사람들이 플랫폼에 더 자주 오고 더 오래 머무르고 더 많이 클릭하고 더 많이 감정적이 될수록 그 플랫폼은 돈을 번다.

SNS 플랫폼이 '좋아요' 숫자를 노출시킨다거나 '싫어요' 버튼을 만드는 것만으로도 이용자는 감정적으로 막대한 영향을 받는다. 사람들은 SNS를 할수록 더 많이 우울해지고 정신적으로 취약해진다. 이는 부작용이 아니다. 애초에 그렇게 설계된 것이다. 『사이언스』에 게재된 매사추세츠공과대학 연구진의 논문에 따르면 사람들은 긍정적인 미담보다도 화나게 하는 소식에, 진짜 뉴스보다도 가짜 뉴스에 더 많이 반응한다[4]. 트럼프와 적대 관계였던 『뉴욕타임스』는 비즈니스 차원에서는 오히려 트럼프와 최고의 공생 관계였다.[5]

제니 오델은 수준 낮은 온라인 경험이 우리를 감정적으로 취약하게 할 뿐 아니라, 정말 관심을 기울여야 하는 문제에 관심을 기울이지 못하게 한다는 점이 가장 심각한 문제라고 지적한다. 그는 디지털 관심경제의 폐단을 다룬 에세이 『아무것도 하지 않는 법』에서 "지나치게 빠른 속도로 소셜미디어에 올라오는 글들은 딱히 유익하지 않"지만 소셜미디어 플랫폼 회사에 막대한 이익을 가져오기 때문에 알고리즘의 혜택을 입는다고 말한다. 이어 그는 분노가 가득한 디지털 생태계에 대해 "아주 작은 방에서 터뜨린 폭죽이 다른 폭죽을 터뜨려 곧 방 안이 연기로 가득 차는 상황"과 비슷하다고 지적한다.

온라인 읽기 경험에서는 웹을 잔뜩 뒤덮고 있는 짜증스럽고 불쾌한 광고의 문제도 빼놓을 수 없다. AI 시대에는 '클릭 앤 리딩'Click and Reading 모델 자체가 사라질 것이라는 전망도 있지만[6], 수십 년간 독자가 온라인 공간에서 문서의 제목을 클릭해 들어가서 조각글을 보면 생산자는 광고 수익을 얻는 비즈니스 모델이 지속되었다. 바꿔 말하면 우리는 웹에 접속해 있는 이상 어디서든지 반드시 광고를 봐야만 한다는 것이다.

여기서 '광고'보다는 '어디서든지'(비-본의로)에 주목해 보자. 이를테면 새벽에 조용한 방에 앉아 단테의 『신곡』을 찬찬히 베껴 가며 읽는데 갑자기 그 위로 노골적인 성인 만화 그림이 떠오른다든지, 노을 지는 고즈넉한 해변에 앉아 좋아하는 시집을 읽는데 '로또 20억 충격' 같은 단어가 시야에 끼어드는 것을 상상해 보라. 침대 머리맡에서 바퀴벌레를 보고 싶지 않은 것만큼이나 나는 이런 경험을 하고 싶지 않다. 그리고 우리 모두가 게임을 하다가도, 영상을 보다가도, 글을 읽다가도 이처럼 맥락이 없는 불쾌한 정보를 일상적으로 불쑥불쑥 봐야 하는 상황은 아마도 유사 이래 처음이 아닐까. 배우 이청아는 문예지 『릿터』와의 인터뷰에서 종이책을 읽는 이유에 대해 "광고 없이 글을 읽을 수 있어서"라고 답했다.[7]

세스 고딘은 "어떤 서비스가 무료라면 당신이 상품이라는 의미"라고 말했다. 인터넷에서의 읽기 경험을 비즈니스 모델로 아주 간단하게 환원해 보자. 물고기(유저)들이 수조(플랫폼)를 떠돌아다니면서 돈이 되는 개인 정보를 흘리고 가끔 광고를 누르는 식으로 직간접적인 수익을 발생시키는 것이다. 이때 플랫폼 사업자에게 중요한 것은 양질의 읽기 경험이 아니다. 당연히 좋은 글엔 취재비나 원고료가 들고 검증하는 데도 돈이 드는데, 이런 글은 말초적이지 않기 때문에 대중의 눈길을 붙잡아 두기 어렵다. 수익을 위해선 오히려 신빙성이 없고 질이 낮아도, 자극적이고 무의식적으로 계속 다른 링크로 넘어가며 최대한 오래 떠돌게 하는 글을 올리는 편이 이득이다. 이 때문에 저작권법을 엉망으로 어긴 인터넷 커뮤니티의 글을 복사해서 광고가 붙은 자동 생성 페이지로 옮겨 붙인다. 이렇게, 수익성만을 최우선으로 하는 커뮤니티 사이트에서는 '디지털 풍화'가 일어난 글 외엔 찾아보기 어렵다.[8] 커뮤니티들은 수익을 내려고 과거에 비해 회원제·폐쇄형보다는 익명·공개형으로 운영되고, 혐오 발언을 제재하기보다는 표현의 자유를 강조한다. 이 과정에서 아이들은 성인의 혐오 발언, 공격·자극적인 콘텐츠에 고스란히 노출된다.[9] 다시 한 번 강조하지만, 이는 어쩔 수 없는 게 아니다. 이런 방식이 '돈이 되니까' 이렇게 하는 것이다.

온라인 플랫폼에서의 읽기·소통 경험을 긍정적으로 바꾸려면 반드시 제도적인 규제와 노력이 필요하다. 다만 여기서는 문제를 개인이 당장 할 수 있는 현실적인 차원으로 한정해 본다.

　나는 인터넷 읽기가 무작정 나쁘다거나 종이책 독서가 무작정 좋다고 주장하려는 것이 아니다. 인터넷이든 종이책이든 일단 글을 매체라기보다 '읽기 경험을 위한 도구(성)'의 차원에서 바라보자고 제안하고 싶다.

　과연 현재 우리가 글을 읽을 때 가장 빈번히, 오랜 시간 사용하는 컴퓨터, 스마트폰은 좋은 읽기 도구인가?

　세계적인 UX디자이너 도널드 노먼은 『보이지 않는 컴퓨터』에서 "최고의 도구란 존재감이 없이 오직 사람의 목적을 보조하는 것"이라고 말한다. 나무조각을 투박하게 깎아 놓았을 뿐인 이누이트의 '나무 지도'는 어떤 맥락에서 누군가에게는 이런저런 기능을 덧붙여 놓은 최첨단 내비게이션보다 더 나은 지도일 수 있다. 유사한 맥락에서 별다른 부가 기능 없이, 내가 보고자 하는 텍스트에만 오롯이 몰입할 수 있게 해 주는 종이책은 스마트폰보다 훨씬 나은 읽기 도구일 수 있다.

　좋은 글을 읽기 원하는 독자로서의 나의 '개성'을 떠올려 본다. 나의 가장 큰 관심사는 독창적이고 양질의 다양한 글을 접하는 것이다. 글이 생산된 시점보다도 진정성이 더 중요하다. 그리고 글을 읽을 때만큼은 그 글에 완전히 몰입하고 싶다. 끔찍한 광고를 보고 싶지도 않다. 가끔은 펜으로 끄적일 수도 있다면 좋겠다. 그렇다고 할 때 내가 원하는 읽기 경험은 종이책을 통해서 온전히 실현할 수 있다.

인터넷이 발명되기 이전의 과거로 돌아가자고 주장하는 것이 아니다. 최신 정보를 알고 싶을 때는 그에 맞게 검색을 해서 보완하면 될 일이다. 나의 욕망(우선순위·선호 가치·활용 용도)이 이런데도, 단지 스마트폰이 내 손에 있다는 이유로 종이책을 멀리한다면 마치 내게 병따개가 있다는 이유로 매번 병따개로 국물을 떠먹으려고 시도하는 꼴이다.

많은 내용을 한꺼번에 가지고 다닐 수 있다는 스마트폰 앱의 장점을 말하는 사람들을 볼 때면 나는 11세기경 페르시아의 수상 압둘카셉 이스마엘에 대한 이야기가 떠오른다. 그는 여행을 떠날 때마다 줄지어 걷도록 훈련된 낙타 400마리에 알파벳을 순서대로 매겨 약 11만 권의 책을 실어 다녔다고 한다. 11만 권의 책을 한꺼번에 읽을 심산이 아니라면 이런 일은 대체로 쓸모없는 사치에 불과하다. 그런데 오늘날에는 "그럴 필요없다, 어차피 다 읽지도 못할 텐데 뭐하러 그렇게 **많은** 책을 들고 다니느냐"고 고개를 젓는 사람이 외려 없다. 이 시대에 과잉은 언제나 '축복'이기 때문이다. 하지만 이런 무한한 접속 가능성은 오히려 몰입의 순간에는 방해가 되기 쉽다.

물론 책이 모두를 위한 유일한 답은 아닐 것이다. 누군가는 온라인 블로그 서비스나 SNS에서 유익한 읽기 경험을 할 수 있다. 다만 나는 책을 다시 붙잡으면서 오래 잊고 있던 낯설고도 편안한 읽기 경험을 마주할 수 있게 되었다. 책은 어떤 것을 펼쳐 들든, 거기에 온전히 빠져들 수 있고 낯설고 재미있는 이야깃거리를 잔뜩 얻어 낼 수 있다. 책의 저자가 언제 어디서 살던 사람이든 마음속 친구처럼 속 깊은 대화를 나눌 수 있다. 그리고 내 경우엔 최신 뉴스 기사보다도 책에서 더 흥미로운 생각을 많이 발견할 수 있었다. 그래서 책을 펼쳐 들었다.

5

책은 원산지가 표시된 정보다

프로 취재기자가 3차 정보 이하의 정보원을 접할 경우, 그때 그는 누가 1차 정보의 소유자이고 누가 2차 정보의 소유자인가를 최대한 알아내는 일을 한다. 즉 3차 정보 이하의 정보원은 오로지 진정한 정보의 소재를 알기 위해서만 이용하는 것이다. 정보의 차수가 1차에서 멀어질 때마다 얼마만큼 정보의 질이 저하되는가에 대해서는 일반론이라는 게 불가능하다. 정보 매개자의 질에 따라 상황이 전혀 달라지기 때문이다.

— 다치바나 다카시[1]

'가치 있는 텍스트'란 무엇인가?

이에 대해선 맥락에 따라 다양한 정의가 있을 수 있겠지만, 두 가지 기준이 시대를 초월한 가치 있는 정보의 핵심 특성을 잘 보여 준다고 생각한다. '신뢰도'와 '영향력'이 그것이다.

우선 신뢰도 높은 텍스트란 믿을 수 있는 텍스트다. 영국의 역사학자 앤드루 페티그리는 16세기 이후 뉴스의 역사란, 내가 직접 보지 않은 정보를 믿을 수 있는 정보원의 눈을 통해 보는 것이라고 말했다.[2] 핵심은 '믿을 수 있는'이다. 물론 어떤 정보도 완벽할 수는 없다. 그러나 적어도 원정보에 가장 가깝게 다가가 직접 확인하려는 노력을 거친 정보는 사실에 가까울 가능성이 높다. 오늘날 정보는 많아 보이지만 이처럼 신뢰도가 높아 널리 인용할 만한 원정보는 극소수에 불과하다.

영향력 높은 텍스트란 다른 말로 '권위' 있는 텍스트다. 어떤 사람은 권위라는 말을 들으면 본능적인 거부감을 갖곤 하는데, 권위 있는 텍스트란 그 텍스트가 가진 독창성이나 진정성 등의 이유로 시공을 초월해 수많은 사람에게 두고두고 영향을 끼쳤다는 의미다. 그리고 많은 사람에게 영향을 끼친 텍스트는 많은 사람에 의해 가치와 폭넓은 활용

가능성을 검증받았다는 의미이기도 하다. 이는 논문이나 책의 가치를 평가하는 기준으로 인용 횟수가 중요한 이유이기도 하며, 구글은 역링크● 빈도를 기반으로 웹사이트의 신뢰도를 측정해 노출을 결정한다. 이처럼 영향력이 높은 텍스트는 많은 이들로부터 신뢰·활용도가 검증된 텍스트라고도 볼 수 있다. 당연한 얘기지만 이런 텍스트 역시 결코 흔하지 않다.

이상 '가치 있는 텍스트'의 특성을 거론한 이유는 '정보에는 분명히 위계가 존재한다'는 사실을 강조하고 싶어서다. 이 사실을 염두에 두면 똑같이 '읽는 사람'이라고 해도 습득하는 정보의 질이 천지차이이다.

정보에는 위계가 존재한다

오늘날 인터넷에서 우리는 수많은 정보를 찾을 수 있다. 간단한 키워드로만 검색해도 순식간에 수만 개가 넘는 '정보'값이 나온다. 그런데 그 가운데 정말로 시간을 투자해서 읽을 만한, 신뢰할 만하고 영향력 있는 텍스트는 얼마나 될까? 이렇게 물으면 '21세기는 정보의 홍수'라는 지루한

● backlink. 타 사이트에서 해당 사이트를 연결하는 링크. 논문에서의 인용과 유사한 개념이다.

돌림 노래는 목구멍으로 삼키게 된다.

예를 들어 구글에서 '고라니'를 검색해 본다. 가장 먼저 위키피디아 등에서 고라니에 대한 정보를 볼 수 있고, 그 외 백과사전에서 이런저런 정보를 오려 붙인 듯한 다양한 글을 볼 수 있다. 어떤 전문가의 인터뷰·언론 기사·논문 등이 몇 개 뜨고 뒤를 계속 넘겨 가다 보면 대부분의 자료는 앞선 글들을 오려 붙여 군데군데 사진을 넣은 복사·붙여넣기 자료에 불과하다. 차라리 완전히 복제하면 낫겠는데, 이런 정보는 저작권 문제를 회피할 목적의 억지 개작●이나 무지, 오해 등으로 옮기는 과정에서 정보의 결락이 생겨 원정보에 비해 정보값이 흐려지는 경우가 대부분이다.

당연히 어떤 글을 쓸 때 출처를 '위키피디아'로 적을 수는 없다. 정보의 원천을 추적하고자 위키피디아에서 한발짝 더 거슬러 올라가 본다. 위키피디아는 대부분의 웹 백과사전들과는 달리 출처 기입을 굉장히 중시하는데, 출처의 기준은 "반드시 신뢰할 만한 언론·도서·공식사이트"[3]다. '고라니'water deer 항목의 영문 위키피디아 하단 출처를 보니 총 38개의 출처 가운데 도서 10권, 기사 6건, 정부 등 공식사이트 4건, 논문 14편 등이다.(2024년 2월 기준)

어떤 정보라도 완전히 맨 바닥에서 창조된 정보는 존

● 본문을 통째로 복사, 붙여넣기 하면 저작권 문제가 생길 수 있기 때문에 임의로 어떤 문단을 들어낸다거나 자의로 요약하는 방식으로 원문의 질을 오히려 떨어뜨리는 행위. 언론에서 소위 말하는 '우라까이'가 여기에 해당한다.

재하기 어렵다. 대부분의 창조는 당연히 기존의 방대한 데이터와 연구 결과를 기반으로 한다. 다만 직접 검증하고 면밀한 확인·분석·연구 노동이 들어간 텍스트를 '1차 정보'로 두면 정보의 위계를 대략 다음처럼 그려 볼 수 있다.

- 1차 정보: 원천 정보. 가령 고라니에 대한 논문·원전이 될 만한 책 등
- 2차 정보: 원천 정보를 재가공·활용한 정보. 가령 고라니 위키피디아 문서 등
- 3차 정보: 2차 정보를 재가공·활용한 정보. 가령 위키피디아를 재인용한 블로그 글 등

물론 텍스트 작성 과정에서 기존의 정보를 참조한다고 하더라도 자신만의 기준을 가지고 직접 원천 정보를 검증하고 다른 맥락에서 재해석한 정보는 원천 정보로서의 지위를 가질 수도 있다. 그 과정에서 원천 정보의 모순을 발견해 더 나은 결과물을 만들어 낼 수도 있다. 하지만 오늘날 인터넷 생태계 내에서 일어나는 큐레이션이나 인용 과정의 복제 단계에서 별도의 노동을 투여하는 경우는 많지 않다. 소위 '가성비'에 맞지 않기 때문이다.

오늘날 인터넷 생태계에는 2-3차 정보 이상의 텍스트가 아주 많지만 그 텍스트가 원정보에서 얼마나 먼지 파악하는 것은 불가능에 가까우며, 이런 텍스트에는 전달 과정에서 오류가 포함될 가능성이 높다.

즉 어떤 사람이 고라니에 관심이 생겨서 그 주제에 대해 제대로 알고자 선택해서 읽을 만한 가치 있는 텍스트는 그렇게 많지 않다. 검색을 통해 수십만 개의 결과를 얻게 된다 할지라도 말이다. 인터넷에서 얻은 검색 결과란 대체로 눈을 어지럽히는 풍선코끼리 같은 것에 가깝다. '정보의 홍수'라는 말은 가치 있는 공짜 정보가 마치 길거리의 돌멩이처럼 바닥에 흩뿌려져 있는 모습을 상상하게 하지만 그건 어디까지나 환상이다.

가치 있는 정보에는 'Tag', 출처가 있다

오늘날 책과 대부분의 인터넷 텍스트의 가장 큰 차이점은 근거가 되는 원천 정보 및 출처·저자·참고문헌을 밝혀 적는지 여부이다. 개인적으로는 어떤 특징보다도 이 차이가 굉장히 주목할 만하다고 생각한다.

이를 밝히는 것은 두 가지 차원에서 중요한데, 첫째 독자에게 해당 정보가 **원천 정보에서 먼지 가까운지에 대한 감각**을 부여해 텍스트의 경중을 판단할 수 있게 해 주면서 동시에 독자가 원천 정보에 직접 접할 수 있게 해 주기 때문이고, 둘째 텍스트를 생산하는 과정에서 반드시 거쳐야 하는 '번거로운' 인간 노동을 인지하게 해 주기 때문이다.

우선 책이나 기사라고 해서 모두 1차 정보고 인터넷에 있는 정보라고 해서 모두 2~3차 정보라고 할 수는 없다. 그럼에도 책을 비롯하여 자신이 참조한 정보의 원천을 밝혀 적는 텍스트의 경우에는 적어도 이 텍스트가 1차 정보에서 가까운지 먼지를 파악할 수 있다. 또한 저자를 명시하고 표절·저작권 문제를 민감하게 다루는 출판 윤리의 영향을 받는 책의 특성상 적어도 현재의 인터넷 생태계 수준으로 무책임한 정보의 복제는 하지 않았으리라는 기대를 할 수 있다. 실제 2019년 한국연구재단이 편역한 '윤리적인 연구 출판을 위한 국제 규범'에 따르면 저자됨authorship이란 저작에 대한 권리뿐 아니라 책임까지 포함하는 개념이다.[4] 즉 저자는 해당 책에 실린 내용(연구)의 정확성·진실성 및 모든 부분에 책임을 진다.

반면 자신(정보)에 대한 메타 정보라 할 것이 없는 대부분의 인터넷 텍스트는 이 정보가 누구에 의해 만들어졌으며, 가치 있는 정보인지 아닌지 조차 알기 어렵다. 저자와 출처를 명확히 적어 두는 책은 이 점에서 '정보의 홍수' 속 가치 있는 정보를 가려내는 확실한 표식이 될 수 있다.

다음으로 가치 있는 원천 정보를 생산할 때는 반드시 인간의 직접 검증·조사·연구 등 번거로운 노동이 필요하다. 책의 인용·참고문헌·각주 등은 이 같은 인간 노동을 드러내 보여 주는 것이다. 우리가 별 생각 없이 늘상 보는 텍스트들은 실상 수많은 '보이지 않는' 필수 노동에 빚지고 있다.

우리가 어떤 정보를 쉽게 검색해 볼 수 있는 것은 누군가가 먼지 쌓인 아카이브에서 연구 자료를 직접 읽고 확인하고·논문을 쓰고·검증을 받고·필수 문헌을 번역하고·믿을 만한 전문가를 찾아가 인터뷰를 한 뒤 인터넷에 검색 가능한 텍스트의 형태로 올렸기 때문이다. 이런 검증·확인 노동은 언론 학계 등 신뢰할 만한 공동체 안에서 상호 검증, 비평 등을 거쳐 최종적으로 믿을 만한 텍스트라는 권위를 얻게 된다. 하지만 아주 오랫동안 이런 필수 노동은 제값을 인정받지 못했다. 특히 인터넷 생태계에서는 말이다.

강조하자면, 이는 정보 생산자에게만 나쁜 일이 아니

다. 이처럼 원천 정보 생산자에게 제대로 된 대가가 돌아가지 않고 모두가 누군가의 지식 생산 노동을 착취하려고만 하는 생태계는 결국 '물고기가 사라져버린 마른 연못'같은 것이라서 장기적으로는 모두에게 나쁘다. 이를테면 원천 정보 생산자에게 별다른 대가가 돌아가지 않기 때문에, 가성비 높게 적당히 눈길만 끄는 자극적인 복붙 기사들이 '텍스트의 내재적 가치(신뢰도/영향력)'와 무관하게 단지 검색어에 의해 병렬적으로 튀어나오는 현재의 포털 생태계처럼 말이다. 과연 오늘날 이런 기사들 속에서 독자들은 공짜로 '정보의 홍수'를 누릴 수 있어 아주 행복한가?

『검색, 사전을 삼키다』 등 저작에서 온라인 시대의 사전의 가치에 대해 탐구한 정철의 책의 핵심은 정보를 지식으로 조직화하고 가꾸는 '사람 손'의 존재이다. 인터넷 시대에도 결국 원천 정보에는 인간 노동이 필수다.

앞서 말했듯 위키피디아의 각주들은 대부분이 종이책이거나 언론 기사다. 인터넷 시대에도 여전히 그 정보들이 가장 믿을 만하기 때문이다. 생성형 AI마저도 인간이 직접 검증하고 제작한 양질의 학습물을 데이터베이스에 주기적으로 '수혈'하지 않은 채 복제만 계속하면 산출물의 질 저하가 일어나 못쓰게 된다. SF 작가 테드 창은 이와 같은 정보의 닫힌 자가복제로 인한 산출물 질 저하를 이미지 파일jpeg 의 반복되는 복제로 인한 화질 저하에 비유한 바 있다.[5] 실제로 2023년 5월 영국의 컴퓨터공학자 일라 슈마일로브 Ilia Shumailov 등이 발표한 논문에 따르면, AI가 다른 AI 모델의 데이터를 학습할 경우 빠른 속도로 성능이 저하된다. 이때문에 연구진은 AI 생산 콘텐츠의 품질 저하를 막고 인간이 생성한 원본 데이터 세트의 품질을 유지하고자 주기적으로 인간이 생성한 고급 원천 데이터를 공급하는 것이 필요하다고 강조한다.[6] 이것은 정보의 생산 및 복제 과정 전반에도 적용할 수 있는 이야기라고 생각한다. 인간이 하는 복제라도 원천 정보를 주입하지 않은 채 원천 정보에서 먼 정보들만 반복적으로 복제하다 보면 불확실성이 커진다.

오늘날 어떤 키워드로 검색한 결과가 수십만 건이라고 해도 그중에 원천 정보가 될 만한 가치 있는 텍스트는 극소수다. 그런 원천 정보의 무제한적인 복제와 그 과정에서의 수준 저하가 대부분 흐린 지푸라기처럼 인터넷 텍스트 생태계를 뿌옇게 메우고 있다.

정철은 자신의 책에서 인터넷 사전이 수익성이 나지 않아 사멸한 상황에서도 "사전은 절대 없어지지 않을 것이며, 정보의 순도를 높이는 형식으로서 앞으로도 계속 의미

있는 콘텐츠로 남아 있을 것이다"라며 종이사전이 갖는 가치는 계속되리라고 보았다. 나는 이 말에 동의한다. 핵심은 '순도 높은 정보'를 생산하고 편집하는 누군가의 헌신과 노동이 제대로 된 가치를 인정받고, 재생산이 되고 있느냐의 문제다. 이런 부분이 간과되고 있기 때문에 우리는 우리가 점점 잃어 가는 것에 대해 알지조차 못한다. 그의 말대로 오늘날 우리에게는 오늘날 버전의 '사전'이 없고 이는 결국 지식, 언론 생태계 전반의 문제로 이어진다. 그것이 미래에 장기적으로 어떤 영향을 미칠지에 대해서는 예상할 수가 없다. 반면에 적어도 책은 '정보의 생산·복제 비용이 0원에 가까운' 오늘날에도 어떤 가치 있는 정보를 만들고 펴내려면 반드시 인간 노동이 필요하다는 것을 암시한다.

2023년 이후, 생성형 AI시대에 언론계 및 출판계와 AI 업체 간의 갈등이 가속화되고 있다. 이는 다르게 말하면 원천 정보에 대한 권리를 놓고 벌이는 싸움이자, 인터넷에 대중없이 섞여 있는 수많은 정보(1차, 2차, 3차, 4차, 5차……) 가운데 결국 재생산에 활용할 수 있는 가치 있는 정보는 원천에 가까운 정보라는 것을 방증한다. 만약 AI 데이터베이스에 정보라면, 그게 뭐든 무조건 많이 쏟아부으면 된다고 한다면, 굳이 까다로운 샅바싸움을 벌일 이유가 없기 때문이다.

　나는 앞으로도 이 문제가 비단 가치 있는 정보에 접근하려는 개인 차원이 아니라, 사회적 차원에서도 큰 이슈가 될 것이라고 생각한다. 그 핵심은 정보의 홍수 가운데서 진짜 가치 있는 정보란 존재하고 그것이 어디 있는지를 파악해야 한다는 것이다.

　그리고 그것은 그림자 노동에 대한 존중 및 생태계를 지켜 가려는 노력과 결코 떼어 놓을 수 없을 것이다.

6

책은 가치 있는 텍스트를 모은 방주다

우리는 책이 어떤 면에선 예술 작품보다 더 중요하다는
것을 배웠습니다. 예술 작품은 중요하지만 언제나 지하
어딘가 수장고에 머물며 잊힙니다. 그동안 책 작업들은
책을 통해 숨 쉬고 있죠.

— 버나드 셀라[1]

무수히 많은 잡화가 마구잡이로 처박혀 있는 거대한
'인류의 물건 방주'에 들어가 조그만 칫솔 하나를 꺼내야 한
다고 상상해 보자. 어디에 무엇이 놓여 있는지 전혀 알 수
없기 때문에 국자와 세탁기, 포크레인 사이를 일일이 뒤져

야 한다. 평생 칫솔만 찾아도 못 찾을 수 있고 어쩌면 그곳에 칫솔이 없을 수도 있다. 칫솔의 가치를 알지 못하는 사람이 그것을 함부로 버렸거나 애초에 칫솔을 별도로 수집·보관해 놓지 않았다면 말이다.

이 비유를 책을 포함한 콘텐츠의 영역으로 끌어와 생각해 본다. 역사적으로 인간이 만들어 내는 콘텐츠는 지속적으로 늘어 왔고, 전체 정보량도 방대해지고 있다. 그런데 과연 그 콘텐츠 가운데 사람들이 필요할 때 언제든 접근해서 자신의 도구로 편리하게 사용할 수 있는 것은 얼마나 될까? 애초에 오늘날 나락처럼 쏟아져 내리는 무수한 신규 정보 가운데 제대로 보존, 갈무리되어 후세에 전해질 수 있도록 각별히 관리되는 정보는 얼마나 될까? 한 연구에 따르면 인터넷 사이트의 평균 수명은 2년 7개월에 불과하다.[2] 미국 의회도서관은 2006년 트위터에 쓰인 모든 메시지를 수집하겠다고 선언했지만, 그 방대한 양을 모두 보존하고 선별 보관할 수 없기에 2017년 이래 선별적으로 수집하고 있다.

만약 미래에 남길 만한, 남길 수 있는 정보가 많지 않다면 과연 오늘날을 '정보의 홍수'라고 부를 수 있을까? 어쩌면 오히려 수백년 후의 세대는 2000년대를 '정보의 암흑기'라고 부를 수도 있지 않을까?

옥스퍼드대학교 보들리안도서관장인 리처드 오벤든은 분서·소실 등 책 파괴의 역사를 다룬 『책을 불태우다』의 결론부에서 오늘날 인터넷 세계에서 벌어지는 어마어마한 정보 소실에 대한 경각심을 가져야 한다고 강조한다. 수많은 의도적·비의도적 사고事故에도 불구하고 오늘날 우리가 옛 책들로 가득한 도서관을 가질 수 있는 것은 모두 '미래'로 지식의 소산을 전달하려는 과거 사람들의 의지 덕분이었지만, 오늘날엔 오늘날 버전의 가치 있는 정보에 대한 사회적 합의 및 이를 보존하기 위한 의식적인 헌신이 없다는 것이다.

어떤 물건이 존재하느냐도 중요하지만, 그것을 제대로 보존해 두고 필요할 때 꺼내어 쓸 수 있느냐(접근 가능성) 또한 그에 못지않게 중요한 문제다.

아무리 좋은 책을 수천만 권 가지고 있다고 할지라도 아무런 계통 없이 마구잡이로 쌓아 두었다면 그건 단지 건물을 무너뜨릴 수 있는 위협적인 뭉치에 불과하다.

도서관학·문헌정보학의 역사는 곧 인류가 방대한 정보 가운데 필요한 것을 어떻게 갈무리해 두고 어떻게 제때 찾아서 간편히 꺼내 쓸 수 있을지에 대해 고민한 결과이자 노력의 역사다. 어떤 매체의 가치에 대해 말할 때, 그 매체가 담고 있는 내용물의 가치뿐 아니라 분류와 보존 노동, 접근 가능성의 문제를 함께 바라보아야 할 이유다. 신도서관학 5법칙을 제창한 마이클 고먼은 이렇게 말한다.

도서관은 인류가 더욱 넓고 깊은 식견을 가질 수 있도록 어떤 형태로든 기록된 지식을 보존하고 배포하며 이를 활용하기 위해 존재하는 것이다. (……) 데이터와 정보를 수집, 흡수하는 건 종종 두서없고 산발적이다. (……) 그렇게 획득된 정보가 알기 쉬운 지식 구조로 맞춰지지 않는 한 결코 지속적인 의미를 가질 수 없다.[3]

분명 어떤 온라인 기사·유튜브·틱톡·블로그 글은 책보다 훨씬 더 생생하고 가치 있는 통찰을 담고 있을 수 있다. 나는 그 가능성을 무시하고 싶은 생각이 없다. 하지만 책과 기타 콘텐츠의 결정적인 차이점 중 하나는 후자의 경우 책과는 달리 조직적인 보존 노력 및 적절한 분류를 통해 접근가능성을 높이는 시스템이 없다는 점이다. 쉽게 말해, 어디에 놓여 있는지 알 수가 없다. 만약 내가 '탐조의 역사'에 대해 조리 있게 설명된 콘텐츠에 접근하려고 한다면 책의 경우 도서관의 자연과학>동물학>조류 코너에 가서 대략 훑어만 봐도 미처 기대하지 않았던 양질의 정보에 우연히 맞닥뜨릴 확률이 굉장히 높지만, 유튜브나 여타 콘텐츠는 개인의 큐레이션을 통한 것이 아니라면 훌륭한 콘텐츠에 우연히 접할 확률이 낮다.

실제로 나는 도서관에 갈 때 읽어 보고 싶은 책의 목록을 대강 정해 가기도 하지만, 대체로는 우연히 맞닥뜨린 책과 근처의 다른 책을 빌려 오곤 한다. 주제별로 느슨하게 분류되어 있는 서가에선 해당 주제에 대해 내가 미처 알려고 생각조차 하지 못했던 정보를 찾을 수 있기 때문이다. 독일 예술사가 아비 바르부르크는 이런 기분 좋은 조우에 대하여 '서가 옆 책'의 법칙이라고 말하기도 했다.

도서관은 단지 그곳에 머무르는 것만으로도 지식의 지평을 넓혀 주는 조용한 환대의 장소이다. 그간 수많은 학자와 작가가 도서관의 매력에 대해 언급했다. T. S. 엘리엇은 "도서관의 존재 자체가 우리가 인간의 미래에 대한 희망을 가질 수 있다는 최고의 증거를 제공한다"라고 했고, 레이 브래드버리는 "도서관이 나를 키웠다"라고 했다. 도서관은 누가 찾아오더라도 원하는 것, 나아가 원한다고 생각조차 하지 못했던 것마저 얻게끔 만들어져 왔다.

나는 종종 '인스피아'가 책에 의한 뉴스레터라기보다는 도서관에 의한 뉴스레터라고 생각한다. 도서관이 없었다면 이런 뉴스레터는 만들 수 없었을 것이다. 다음 회차에 어떤 주제를 다룰지조차 애매해질 때 나는 인터넷을 뒤지는 대신 무작정 나가 회사에서 걸어서 10분 거리에 있는 도서관에 간다. 서가를 헤치고 침묵에 잠겨 배회하다 보면 반드시 내가 궁금해하는 것, 원하는지조차 몰랐던 새로운 것에 대해 알게 되었다.

다르게 생각해 보면, 내가 무엇을 알고 싶은지 잘 모르고 막연한 생각만 품고 있을 때조차 도서관은 가치 있는 무언가를 보존했다가 배회자에게 안겨 주었다. 이런 세렌디피티는 도서관이라는 공간을 만들어 온 이들의 노력 덕분이다.

마지막으로 짧게 덧붙이자면, 언론인으로서 나의 오

랜 관심사는 어떻게 하면 인터넷 공간에서 자료의 가치와 물성을 직관적으로 바라볼 수 있게 하는 '서가'를 만들 수 있는가 하는 것이다. 내내 도서관에 대한 이야기를 하고는 있지만, 실은 사람들이 주로 정보를 접하는 곳이 인터넷 공간으로 이동하는 것 자체는 거스를 수 없는 흐름일 것이다. 이때 어떻게 하면 더 가치 있는 정보를(수익성과 관계없이) 더 필요한 사람에게 제공할 수 있고, 또 보존할 수 있을지에 대한 문제는 아주 중요하다고 생각한다.

7

책은 다양한 읽기 경험을 돕는 도구다

나는 책을 다음과 같이 분류한다. 누워서 읽는 책·반드시 펜을 붙잡고 앉아서 읽어야 하는 책·밥상 위에 둘 책·여행 가서 태닝하면서 읽을 책·당장은 안 읽을 거지만 반드시 시야에 있어야 하는 책·1년에 몇 장씩 읽는 책·한 번 정리해 두고 두 번 다시 볼 일 없을 책…… 대체로 책 읽는 '상황'에 주목한 분류다. 『어느 겨울밤 한 여행자가』에서 이탈로 칼비노는 책을 다음과 같이 '성격'으로 구분한다.

- 읽지 않은 책
- 읽을 필요가 없는 책

- 독서 이외의 목적으로 만들어진 책
- 책을 펼치기도 전에 이미 읽은 것이나 다름없는 책
- 목숨이 하나가 아니라면 반드시 읽어 봐야 할 책
- 읽을 생각은 있지만 우선 다른 책에 양보해야 하는 책
- 한쪽에 내버려 두었다가 이번 여름에나 한번 읽어 볼 책
- 나에게 작자나 주제가 완전히 생소한 새 책

여기에 헬렌 한프의 주장에 따라 한 가지 분류를 더할 수 있다.

- 반드시 와인을 마시면서 늘어져서 봐야 하는 책

이런 분류를 한 번쯤 되새겨 볼 필요가 있는 이유는 이런 구분이 우리가 비단 책뿐 아니라 어떤 종류의 정보나 볼거리를 받아들일 때 당연하게 해야 하는 층위의 판단 그리고 선별적 수용에 대한 감각을 일깨워 주기 때문이다.

인터넷에서 글을 읽을 때 우리는 대개 앞에 놓인 글이 어떤 종류의 글인지 의식하면서 읽지 않는다. 대체로 스쳐 가듯 읽을 뿐이다. 당신은 일주일 전 인터넷에서 어떤 글과 영상을 접했는지 기억하는가? 아니, 오늘 하루 동안 SNS·

커뮤니티·기사 페이지·블로그 등에서 본 글 중 인상 깊은 것이 있었는가? 그것은 어떤 종류의 글이었으며, 텍스트가 지닌 무게감은 어떠했는가? 정좌를 하고 혹은 옆에 수첩을 가져다 메모를 하면서 읽었는가? 읽은 글에 대해 어떤 느낌이 들었고 읽고 나서 무엇을 하고 싶어졌는가?

자세한 내용은 차치하고라도 어떤 글을 봤는지조차 기억이 가물가물할 것이다. 우리는 통상 인터넷 공간에서 서핑을 하듯 글을 읽기 때문에, 어떤 흥미로운 글을 읽었더라도 그 내용을 정확히 어떤 지점에서 맞닥뜨렸는지 잘 기억하지 못한다. 마치 서퍼가 어떤 지점의 파도의 빛깔을 제대로 기억하지 못하는 것처럼 말이다. 남는 것은 어렴풋한 인상뿐이다.

이런 종류의 '훑어 읽기'가 완전히 무용하다는 것은 아니다. 어떤 주제를 살펴보려면 간단한 백과사전 항목부터 입문 수준의 다양한 층위의 자료를 훑어 읽기 하는 과정도 중요하다. 때론 그저 마음 편하게 놓고 무작위의 자료들을 훑는 경험도 중요하다. 그 과정에서 어떤 글을 집중해서 읽을 것인지, 어떤 글은 읽지 않을 것인지를 취사 선택하고 관련 분야에 대하여 넓은 시야를 가질 수 있다. 하지만 모든 종류의 읽기가 '어렴풋한 읽기'로 수렴되는 것은 분명 문제라고 할 만하다.

나오미 배런은 『다시, 어떻게 읽을 것인가』에서 '무엇을 읽느냐가 아니라 어떻게 읽느냐'가 우리를 규정한다고 말한다. 읽고 쓰기에 매개하는 기술은 그 내용물에도 큰 영향을 미친다. 붓으로 쓰는 글과 타자기로 쓰는 글이 다르듯, 종이로 읽는 글과 웹브라우저에서 읽는 글의 경험은 다르다. 문제는 인터넷에서의 읽기는 교과서든·웹소설이든·비판적으로 읽어야 하는 기사든·정부 정책 보고서든·그래프든 대체로 미끄러지듯 읽게 된다는 점이다.

책에 따르면 읽기의 유형에는 훑어보기·살펴보기·선형적 읽기·폭넓은 읽기·집중해서 읽기·일회성 읽기·다시 읽기·꼼꼼히 읽기·자세히 읽기·비판적 읽기·깊이 읽기·하이퍼 읽기 등이 있다.[1] 그리고 나오미 배런은 각 "텍스트에 적합한 속도와 적합한 읽기 환경"에서 읽기의 중요성을 강조한다. 예를 들면 어려운 고전은 손에 연필을 들고 곱씹듯 천천히 읽어야 하지만, 소식지는 슥 훑어보면 된다.

전자 기기로 글을 읽을 때 통상 우리는 더 빠르게, 더 소홀하게 읽는다. 이런 종류의 읽기는 흥미로 읽는 글·한 번 흘끗 보고 넘겨도 되는 무난한 정보성 소식지·SNS에 올라온 이웃의 사정·밈 게시물을 읽을 땐 아무런 문제가 없다. 오히려 대충 훑고 치워 둘 수 있으니 부담도 적고 좋다. 그러나 책에서 언급한 또 다른 한 연구자는 "디지털 읽기는 학생들이 텍스트를 읽는 속도를 점점 빨라지게 하고, 이런 처리 시간은 이해력 저하로 이어지고 있다는 점에서 문제가 있다"라고 말한다. 따라서 모든 종류의 읽기가 디지털 읽기화 된다면, 정작 깊이 비판적으로 읽어야 하는 종류의 글을 읽을 때는 이입이 힘들어진다. 컴퓨터로 기사나 논문 등 글을 읽다가 종이에 출력해서 읽어 본 경험이 있는 사람이라면 이 말에 공감할 것이다.

내가 종이책이 좋다고 생각하는 이유는, 모든 종이책이 대대손손 받들 정도로 훌륭해서가 아니라 오히려 그 층위와 용도의 다양성·직관성, 이에 따른 차별 가능성 때문이다.

종이책은 '읽지 않기'라는 종류의 독서마저 가능하게 한다

종이책은 내가 어떤 것을 우선해야 할지, 어떤 것은 손쉽게 읽고 버려도 될지, 어떤 정보는 읽지 않고 그냥 지근

거리에 두어도 될지를 위계적으로 판단해 정리해 둘 수 있게 한다. 오히려 이 때문에 당장은 읽을 필요가 없는 정보에도 적정한 관심을 기울일 수 있게 된다. (사 두고 안 보면 된다.) 어떤 책은 오랜 세월 두고두고 먼지를 뒤집어쓰고서 "서가에 꽂힌 채 나를 노려보"다가, 결과적으로는 먼 훗날 때가 되었을 때 마침내 "내 인생의 책"이 되기도 한다.[2] 다카다 아키노리는 이처럼 어렵지만 언젠가는 읽어야 하는 책을 당장 읽지 않고 일단 서가에 꽂아 두는 것을 '책 재우기'라고 표현하기도 한다.[3]

나는 여러 이유에서 책을 사지만 무엇보다 당장 읽지 않기 위해서 그리고 제멋대로 낙서하며 읽기 위해서 책을 산다. 물론 영영 안 읽겠다는 의미는 아니고, 당장은 읽지 못하지만 언젠가는 반드시 독파해야 할 책이라서 산다. 움베르토 에코는 『책으로 천년을 사는 방법』에서 전자책의 시대가 오더라도 종이책은 마치 바퀴나 망치처럼 그 자체로 완벽한 발명품이기 때문에 "읽어야 할 책"만큼은 결코 대체될 수 없다고 주장했다.

나는 원체 읽는 것이 느리고 재깍재깍 최신 소식을 빠르게 챙겨 보는 걸 잘 못하기 때문에 책뿐 아니라 종이신문도 당장 안 읽고 그저 찢어서 책상 위에 쌓아 뒀다가 한 달

후에 몰아 보기도 한다. 뉴스레터마저도 언젠가 제대로 읽어 보고 싶을 '지도 모르는' 내용이면 일단 출력해서 주변에 널어 둔다. 그러면 며칠 후 아침에 밥을 떠먹다가 눈에 띄면 몇 줄이라도 읽고, 흥미가 동하면 다 읽는다. 물론 정말로 당장 정독해야 할 만큼 중대한 글이라서 빨간펜을 사용하고자 할 때도, 종이책에는 거침없이 자신의 흔적을 잔뜩 남길 수 있다. 이에 반해 전자 텍스트는 북마크를 해 두어도 간혹 링크가 변경되거나 저자의 변덕 혹은 사이트 장애로 인해 언제 사라질지 모른다.

나는 여전히 책장에 손때가 묻은 사전을 꽂아 두고 있다. 그것은 내게 '너무 중요하고 자주 꺼내 보기 때문에 계속 눈앞에 있어야 하는 종류의 책'이다. 거의 여백이 보이지 않을 정도로 낙서를 해 둔 책도 있다.(어떤 종이책들은 휴대성을 위해 여백을 거의 없앤 판형으로 나오기도 한다.) 한편 나의 책장에는 10년 넘게 한 번도 펼쳐 보지 않은 영어로 된 시집·러시아 여행을 갔을 때 헌책방에서 사온 러시아어 그림동화책·너무 싫어서 반면교사로 삼고자 꽂아 놓은 책·삶에 여유를 가지고 싶을 때마다 펼쳐 보는 실용적이지 않고 화려하기만 한 북유럽풍 맥주 안주 레시피 모음집도 함께 꽂혀 있다. 물론 읽고 떠나보낸 책도 수없이 많다.

　　인터넷 글 읽기에선 이 모든 것의 경계가 흐릿하고, 그저 '콘텐츠'라는 말로 뭉뚱그려진다.

8

책은 믿을 만한 지식의 지도다

험하고 먼 길을 떠난다고 가정해 보자. 그곳에 대한 정보가 적어서 길을 호되게 헤맬 수도 있다. 그럴 때는 그곳에 무사히 다녀온 사람이나 길을 떠났다가 실패한 사람 등 최대한 많은 사람의 말을 경청하고 신뢰할 만한 정보를 모으는 것이 중요하다. "거기 어떻게 가요?"라는 식으로 막연히 묻기보다는 궁금한 것을 최대한 구체적으로 묻고 가설을 세워야 한다.

무언가에 대해 조사하려고 할 때도 마찬가지다. 책을 통해 '키워드'를 붙잡고 나서 인터넷 검색을 시작하는 사람이 있는 반면 무작정 검색부터 하기 시작하는 사람이 있다.

둘의 차이는 모든 준비를 철저히 마치고 길을 나서는 사람과 일단 뛰어들고 보자는 식으로 무작정 뛰어들기부터 하는 사람, 둘의 차이와 비슷하다.

일본 사상가 아즈마 히로키는 『약한 연결』에서 검색과 관련한 인상적인 일화를 소개한다. 다크 투어리즘●을 기획하며 체르노빌에 대한 정보를 수집하는데 연구팀이 수개월을 매달려 조사했지만 신통한 결과를 얻지 못했다. 그러던 어느 날 관련 학회에서 러시아 연구자를 만나 그를 통해 관련 정보를 다시 검색했고, 완전히 다른 차원의 정보를 얻을 수 있었다. **적절한 사이트**site에 **적합한 단어**keyword를 넣었기 때문에 가능한 일이었다.

오늘날 인터넷 지식 생태계는 『알리바바와 40인의 도둑』 이야기 속 동굴과 비슷하다. 금은보화를 얻으려면 동굴이 어디 있는지 알아야 하고, 동굴 문을 열 암호가 필요하다. 아무리 금은보화를 얻고 싶어도 동굴이 어디 있는지 암호가 뭔지 모른다면 아무것도 얻을 수 없다. 문제는 어디에 가서 어디쯤을 두드려 어떻게 물어야 원하는 것을 얻을 수 있을지 어림짐작하는 것이 이미 굉장히 큰일이라는 점이다.

예를 들어 러시아·우크라이나 현대사를 알고 싶어서

● 잔혹한 참상이 벌어졌던 역사적 장소나 재난·재해 현장을 돌아보고 인류의 죽음이나 슬픔을 체험하는 여행으로, 블랙 투어리즘·그리프 투어리즘이라고도 한다.

네이버를 비롯한 국내 포털사이트에 한글로 '러시아 20세기 역사' '우크라이나 역대 대통령' 등의 키워드를 넣으면 누구나 쉽게 얻을 수 있는 중학교 3학년 방학 숙제 수준의 검색 결과를 얻을 가능성이 높다. 반면 신뢰할 만한 사이트에서 '오렌지 혁명' '홀로도모르' '알렉산드르 두긴' 등을 러시아어 혹은 우크라이나어, 하다못해 영어로라도 검색하면 접근 가능한 정보의 질이 비약적으로 높아진다. 이처럼 적합한 키워드를 붙잡았다면 정보와 지식 모으는 일을 훨씬 심도 있는 곳에서 시작할 수 있다.

이런 '배경 지식', 즉 지식을 얻기 위한 지식은 통상 자연스럽게 습득된다. 러시아 역사를 전공했거나 러시아에 살았거나 주변에 러시아에 사는 지인이 많은 경우 등에 말이다. 그런데 의도적으로, 직접 경험 없이도 빠르고 수월하고도 깊게 얻을 수 있는 최고의 방법이 있다. 바로 책을 읽는 것이다.

나의 경우 그간 다양한 기획 기사를 준비하고 취재하며 비슷한 경험을 했다. 언론사에서 기획을 할 때는 각 기자의 전문 분야나 기자 개인에게 친숙한 주제만을 다루는 것이 아니라 팀이 꾸려진 후부터 '맨땅에 헤딩하듯' 자료 조사를 해야 하는 경우가 대부분이다. 보통 어떤 기획을 해야겠다고 대강 주제를 정하면 가장 먼저 하는 일이 책을 읽으며 전문가·관계자들에게 전화를 돌리는 일이다. 이 단계를 거치면 막연했던 기획안이 조금 선명해지고, 붙잡을 키워드가 생기고, 구체적으로 어디에 가서 어떤 이야기를 들어야 할지 등에 대한 윤곽이 잡히기 시작한다.

몇 년 전 웃음에 관한 다큐멘터리의 사전 자료를 조사해야 했는데 평소 개그를 좋아하긴 하지만 웃음이라는 주제에 대해 진지하게 생각해 볼 기회가 없었고 손에 쥐고 있는 관련 정보도 하나도 없었다. 그때 자료 조사를 하며 가장 먼저 시작한 것이 웃음이라는 키워드로 책을 검색해 그중 신뢰할 만한 책을 읽으며 키워드를 모으는 일이었다. 예를 들어 현대 스탠드업 코미디에 대한 입문서를 읽은 덕에 단시간에 미국 스탠드업 코미디에 대한 개괄적인 역사를 파악하고, 책이 언급한 유명 코미디언 가운데 관심이 가는 이들의 쇼를 검색창에 쳐 볼 수 있었다. 책 뒤편에 정리된 참고문헌은 이후 추가 조사를 할 때 든든한 길잡이가 되어 주었다. 그렇게 책에서 얻은 키워드로 검색을 시작하고, 검색을 통해 새롭게 알게 된 책을 깊이 읽고, 그 과정에서 알게 된 전문가에게 직접 문의하거나 그의 논문을 읽고 강연 등을 유튜브에서 검색하는 일을 반복하는 사이에 배경지식이 점차 넓어졌다. 웃음에 대해 문외한이었던 나는 이제 세네 갈의 코미디 쇼·에스페란토어 말장난에 대한 논문·웃음을 주된 테마로 다룬 중국 현대미술가에 대한 최근 기사를 어떻게 검색해야 하는지 안다.

다른 기획을 할 때도 내게는 책이 시종일관 든든한 길잡이가 되어 주었다. 당시 나는 책을 닥치는 대로 급하게 접어 읽으며 막연하게 인터뷰할 만한 사람·가 볼 만한 현장을 고른다고 생각했는데, 돌이켜 보면 그 과정이야말로 배경지식을 쌓거나 넓히는 일이었던 게 아닐까 싶다. 그 과정에서 평생 접할 기회가 없었을 문헌을 세심히 읽고 미처 생각해 보지 못한 부분에 대해 밀도 있게 고민했다.

정보의 바다와 지식의 지도

인터넷이 엄청난 정보 보관소이고 그것 없이 살아갈 수 없다는 점은 사실이다. 하지만 정보 그 자체가 곧 지식이 아니라는 점도 사실이다 (……) 네트워크의 매력은 지식의 생산보다 무한한 정보에 있다. 네트워크는 채석장일 뿐 완성된 집이 아니고, 도구일 뿐 생산품이 아니며, 통로일 뿐 목적지가 아니다.

— 데틀레프 블룸[1]

『책의 문화사』를 쓴 독일의 출판인 데틀레프 블룸은 **'정보'와 '지식'의 차이**를 강조한다. 인터넷에 있는 대부분의 텍스트는 정보다. 수많은 정보 가운데 편집되고 검증되고 목적에 맞게 재조직된 것이 지식이다. 인터넷에는 종이책을 만드는 과정에서나 도서관에서 자료를 보관할 때와는 달리, 지식을 의도적으로 가꾸고 관리하고 가치 있는 것을 선별해 보관하고 찾기 쉽게 정리하려는 노력이 없다. 이 때문에 겉보기엔 단지 매체가 다를 뿐, 종이책과 인터넷의 텍스트가 같게 보일 수 있지만 본질은 완전히 다르다.

우리는 통상 책이 상대적으로 '어려운' 정보이고, 인터넷은 비교적 '쉬운' 정보라고 생각하곤 하는데 사실은 정반대다. 인터넷에서 우리가 찾을 수 있는 자료는 대체로 쪼개진 정보이고, 책은 어떤 정보를 특정한 수준의 지식을 가진 독자를 상정해 가공하고 특정 맥락에 따라 조직한 지식이다. 예를 들어 AI에 대해 이미 잘 알고 있는 사람은 온라인에서 단건 기사를 읽어도 맥락에 맞게 이를 수용하고 또 판단할 수 있지만, 문외한인 사람은 같은 정보를 마주하고도 그것이 어떤 가치가 있고 어떤 의미를 가지고 있는지 알 수 없다. 이처럼 인터넷에 산재한 정보 가운데 내가 원하는 내용과 수준의 정보를 찾아내고 '제대로' 활용하려면 높은 차원의 교양이 필요하다. (책에 비해) 인터넷에는 정보가 비교 불가능할 정도로 훨씬 많은 것이 사실이지만, 이는 모래사장 속 사금 같은 것이다. 이를 **찾고 활용할 수 있는 사람에게만 가치가 있다.**

　한편 책은 저자를 포함한 수많은 '보조자'들이 '정보'를 '지식'으로 구조화한 결과물이다. 책이 의미를 갖는 것은 책 생태계를 가꾸는 수많은 사람 덕분이다. 우선 편집자가 국내 저자와 해외 도서를 찾아 선별하고, 선별한 해외 도서는 믿을 만한 역자를 섭외하여 번역을 의뢰한다. 저자와 역자는 원고를 쓰고, 편집자는 그 글을 편집해 책으로 만든다. 책이 나오면 언론사와 서평가는 서평을 쓰고, 출판사는 특정 키워드로 책이 검색되도록 만든다. 사서는 수서해서 적절한 분류 기호로 구분해 책을 적절한 서가에 꽂는다. 이처럼 수많은 보조자가 자신의 자리에서 자신의 노동을 한 덕에 우리는 가치 있는 정보에 편리하게 접근할 수 있다.

책이 수많은 사람의 손길로 다듬어진 '세련된 지식' 혹은 '지식의 지도'에 가깝다면 인터넷은 '정보'의 조각들이 모인 광대한 바다다. 이 바다에서 정보를 얼마나 많이 얻을 수 있느냐보다 더 중요한 것은 길을 잃지 않는 것이다. 무엇을 간절하게 구하다가도 매번 길을 잃고 마는 사람은 결국 아무것도 구하지 못할 것이다.

하지만 인터넷을 항해하는 대부분의 사람은 길을 잃으면서도 잃고 있다는 사실조차 알지 못한다. 검색 포털은 양질의 검색 결과가 없어도 한사코 '결과 없음'이라는 페이지를 피한다. 생성형 AI 역시 말하나 마나 한 정보만 늘어놓을지언정 결코 자신의 무지와 한계를 인정하지 않는다. 이는 '성능의 결함'을 의미하기 때문이다. 게다가 인터넷은 수많은 콘텐츠 '목록'을 보여 주거나 그 사이사이에 내가 정신을 팔 만한 다른 자극적인 콘텐츠를 슬그머니 끼워 넣어 검색 결과가 없다는 것을 까먹게 만든다. 인터넷 생태계는 애초에 사람들이 길을 잃고 멍하니 오래 체류할수록 수익이 나는 구조이기 때문에, 이런 상황은 앞으로 더 가속될 것이다. 향후 온라인으로 얻는 정보의 비중이 늘수록, 사람들의 온라인 체류 시간이 길어질수록 매튜 효과●는 더욱 커질

●『성서』「마태복음」13장 12절·25장 29절의 "무릇 있는 자는 더욱 받아 풍족하게 되고, 없는 자는 있는 것까지도 빼앗기리라"라는 구절에서 비롯된 용어로, 미국의 사회학자 로버트 머튼이 『과학사회학』에서 처음 언급했다. 부익부 빈익빈, 승자 (독식) 현상, 수확 체증 법칙 등과 같은 맥락이다.

수 있다.[2]

무지를 자각하게 하는 책의 공간

꼭 디지털 시대가 아니더라도 역사적으로 '개인'에게 정보는 항상 과잉 상태였다. 세상에 단 일만 권의 책이 있다고 해도 대부분의 사람은 생전에 그것을 제대로 다 읽지 못한다. 그렇기에 그중에 가치 있고 신뢰할 만한 정보에 접근하는 것은 오랫동안 굉장히 큰 문제였다. 그것이 바로 정보문헌학의 역사이자 도서관의 역사이기도 하다.

무슨 책을 읽어야 할지 모르겠다는 사람이 있으면 나는 일단 도서관으로 가 보라고 추천한다. 도서관의 수서부터 서가의 배치·동선 등은 의도적으로 구성되었다. 마치 노련한 정원사에 의해 섬세하게 가꾸어진 정원이자 지적 거인의 마인드팰리스처럼 말이다. 이곳에서 사람들은 인터넷에서보다 더 쉽게 지식의 지도·교양을 얻을 수 있다.

1831년 대영박물관 사서 안토니오 파니치는 주먹구구식으로 늘어나기만 하던 서지 목록을 급진적으로 개정했다.

파니치는 쏟아져 들어오는 엄청난 책들을 보면서 단순히 목록으로 해결될 문제가 아니라고 판단했다. 교육과 읽고 쓰는 능력에 대해 더 많은 관심을 불러일으킬 수 있는 기회로 인식했다. 그는 도서 목록을 대중의 눈으로 새롭게 다시 생각하고 싶었다. (……) 파니치는 "나는 가난한 학생들이 배움에 대한 호기심을 충족시키려 할 때 이 왕국에서 가장 부유한 사람들과 똑같은 수단을 갖길 바란다"라고 말했다. (……) 산업 시대에서 유래한 파니치의 도서 목록은 전 세계에서 도서관에 민주적으로 접근할 수 있는 새로운 시대를 열었다.

— 알렉스 라이트[3]

'무엇을' 읽을지도 중요하지만 그 읽을거리를 '어디에서' 얻을지 역시 못지않게 중요하다. 18세기 영국 시인 새뮤얼 존슨은 지식의 종류를 두 가지로 나누었다. 하나는 우리가 스스로 알고 있는 지식이고 다른 하나는 **알고자 하는 정보가 어디 있는지 아는 지식**이다. 통상 우리는 전자를 강조하고 후자를 간과하곤 한다. 하지만 내가 무엇을 얼마나 아는지, 무엇을 얼마나 알지 못하는지에 대한 메타 지식이 없다면 꾸준히 읽으면서도(읽지 않으면서도) 내가 무엇을 읽고 있는지조차(읽지 않고 있는지조차) 자각하지 못할 수 있다.

수력공학·원자력·수학·농업 등 내가 잘 모르는 분야의 책, 외국어로 된 서적이 가득 꽂힌 서가를 배회하는 것만으로도 내가 모르는 세계의 부피를 체감할 수 있게 된다. 인터넷상의 읽기에서는 좀처럼 하기 어려운 경험이다. 이 '서가 배회'를 통해 나는 어디에 가면 어디쯤에 어떤 정보가 얼마나 있는지를 어렴풋하게라도 알게 된다. 자연스럽게 나중에 어떤 아이디어가 떠올랐을 때 그것에 관한 정보가 어디 있는지 알 수 있는 감각이 생기고, 필요한 책을 손쉽게 찾아볼 수 있다. 틈날 때마다 굳이 도서관을 찾는 이유다. 아마도 나의 독서 중 20퍼센트는 이처럼 때때로 서가를 이리저리 배회하며 책등을 읽고 내키면 책을 꺼내어 표지를 읽는 '책등 독서'일 것이다.

모든 책을 다 읽을 필요는 당연히 없다. 이렇게 책등이나 서문을 제외하고 '읽지 않은 책'들의 계보를 확장하다 보면, 나중에 정말 필요할 때 원하는 정보에 쉽고 빠르게 접근할 수 있다.

인지신경학자이자 아동발달학자 매리언 울프는 말한다.

청소년들은 자신이 무엇을 모르는지도 알지 못할 것입니다 (……) 배경지식이 충분하지 않으면 깊이 읽기의 나머지 과정이 작동하는 빈도도 줄어들어 이미 알고 있는 것 바깥으로는 나가지 않게 되지요. 지식이 진화하려면 계속 배경지식이 추가되어야 합니다.[4]

오늘날 우리는 마치 검색만 하면 모든 것이 다 튀어나오는 척척박사 만능 화수분을 품에 안고 있는 듯하지만, 파편화된 정보들 사이에서 내가 얻고 싶은 지식에 도달하려면 더 의식적인 노력이 필요하다. 이 노력 없이는, 자신이 무엇을 모르는지조차 평생 모르기 쉽다. 내가 마음만 먹으면 뭐든지 알 수 있다는 '환상'은 생각보다 강하다.

인터넷에 수많은 정보가 있는 것은 사실이다. 이때 길을 잃지 않으려면 자신이 서 있는 자리가 어디인지 알 수 있는 메타 인지, 즉 지식을 생성하기 위한 자기만의 키워드와 목적을 가지고 있는 것이 중요하다. 다시 말하지만, 가장 간편한 방식은 책이라는 지도를 들고 들어가는 것이다.

　　나는 '인스피아'를 발행하며 일주일 주기로 이런 일련의 과정을 반복했고, 이 과정에서 주로 '쓸모'보다는 '해찰'에 집중했다. 검색은 늘 책을 통해 구체적인 키워드를 얻은 후의 단계였다. 신뢰할 만한 자료 꾸러미를 안고 헤엄치며 나만의 지도를 만들어 항해해 왔다. 그간 사람들은 어떻게 그렇게 많은 정보를 발행할 수 있냐고 물었다. 아이러니하게도 '광대한' 인터넷의 바다에서 종이책으로 시야를 좁혔기에 가능한 일이었다. 의식적으로 내가 무엇을 읽고 있는지, 그것이 지식의 지도 안에서 어느 정도의 위치에 있는지 파악하는 습관을 들이면 훨씬 더 주체적으로 쓸 만한 생각거리를 얻을 수 있다.

　　다만 이렇게 주체적으로 질문을 떠올린 뒤 답을 얻는 경로를 주의 깊게 선택하는 일의 필요성은 인터넷 시대에 심각하게 간과되고 있다.

9

책은 서문이 붙어 있는 글이다

서문을 되새김질해서 얻는 즐거움 가운데 하나는, 서문과
본문 사이에 생긴 모순(틈) 혹은 미해결을 감지하는 것이
다. 서문과 본문 사이에 이런 모순과 미해결이 일어나는
이유는, 서문은 크고 본문은 작기 때문이다 (……) 저자의
욕망이 고스란히 투영된 서문은 그것의 실현물인 본문보
다 크다.

　　　－ 장정일[1]

'읽을 책을 어떻게 고르는가?'라는 질문에 대해 많은
다독가는 비슷한 이야기를 했다. 대표적으로 『천천히 읽기

를 권함』을 쓴 야마무라 오사무는 '첫 열 쪽의 법칙'을 말한다. 처음 열 쪽을 읽다가 무언가가 자신의 마음에 젖어 든다면 그대로 읽기 시작한다는 것이다. 나 역시 대체로 처음 어떤 책을 읽을까 말까 고민하는 단계에선 책등·서문·차례 정도를 꼼꼼히 읽는다. 이 과정에서 '이 책은 보통내기가 아니구나' 혹은 '반드시 붙잡고 읽어 볼 만하겠구나'라는 느낌이 강하게 오는 것을 읽기 시작한다.

그간 이런 습관을 '뭐라고 설명하기 어려운 좋은 책을 찾는 육감' 정도로 막연하게 생각했는데, 어쩌면 이는 서문의 힘이 아닌가 싶기도 한다. 정말 범상치 않은 책은 이미 서문에서부터 강력한 냄새를 풍긴다.

'서문'이야말로 책이라는 매체를 다른 텍스트와 구분 짓는 핵심이 아닐까. 픽션이나 소수의 예외를 제외하고, 서문이 없는 책은 막대가 없는 막대 사탕이나 마찬가지다. 그것은 사탕일 수는 있지만, 막대 사탕일 수는 없다.

앞서 책의 특성을 '굳이'라는 단어로 표현했다. 그냥 강연으로만 남아도·칼럼으로만 남아도 혹은 개인의 생각으로만 남아도 될 만한 글이 '굳이' 번거로운 노동을 거쳐 책으로 나왔다. 이 때문에 책의 서문에는 기본적으로 이 '굳이'의 이유가 붙는다. 안 그래도 볼 것 천지인 복잡한 세상에, 책이 매우 안 팔리는 이 시대에 **굳이 이 한 권의 책을 내어놓는 작가·기획자의 각오**가 서문에 고스란히 나타난다.

그래서 본래 간결한 글을 좋아하지만, 서문에 대한 취향은 조금 다르다. 서문만큼은 거창하고 방대하고, 때론 장황하고 갈지자로 휘청이고 제 깜냥보다 욕심이 앞서는 글도 싫어하지 않는다. 왜냐하면 이런 종류의 서문에서는 자기 삶에 녹아든 질문·헤매는 모습 그리고 그럼에도 위로 어떻게든 1밀리미터라도 뚫고 나가려는 에너지가 보이기 때문이다. 이런 종류의 서문이 실린 책에서는 저자의 미시사와 세계사가 아코디온을 접었다 펼쳤다 하듯 교차한다. 익숙하고 뻔한 것·향수를 주는 것·누구나 안전하게 동의하는 전통에서 저자가 갸우뚱거리며 한 발짝 앞으로 내딛는 순간, 서문은 책보다 더 커진다.

버지니아 울프의 『자기만의 방』은 통상 여성들에게 '경제적·정신적인 자립이 필요하다'는 메시지로 알려져 있다. 그러나 내가 이 책에서 가장 감동받은 대목은 본문보다도 서문의 몇 줄이었다.

이 책은 그가 당시 여학교에서 강연한 내용을 모은 강연집이기도 한데, 서두에서 그는 '여성과 픽션'이라는 키워드로 강연을 부탁받았을 때, 무난한 '여성 소설사' 대신 '방'의 문제를 주제로 하게 된 계기를 풀어놓는다.

여성과 픽션에 대한 이야기를 부탁했는데, 자기만의 방이 무슨 상관이냐고 물으시겠지요? 이제 설명해 볼게요. 여성과 픽션에 대해 이야기해 달라는 부탁을 받고, 저는 강둑에 앉아서 그 두 낱말의 의미를 생각해 보았어요. 단순히 생각하면, 패니 버니에 대해 몇 마디 언급하고, 제인 오스틴에 대해서는 그보다 조금 더 길게 이야기한 다음 (……) 개스켈 부인에 대한 이야기로 마무리하면 충분할 것 같고, 또 보통은 그렇게 하겠지요 (……) 제게 여성과 픽션은 여전히 풀리지 않은 문제예요. 그래서 저는 원래 주제에 대한 결론을 대신해서, 제가 어떤 과정을 거쳐 자기만의 방과 돈에 대해 지금과 같이 생각하게 되었는지 보여 드리려고 해요. 지금의 결론에 이르기까지 저를 이끈 생각의 흐름을 여러분 앞에서 되도록 있는 그대로 자유로이 전개해 볼 생각이에요 (……) 청중이 화자의 한계와 편견과 개성을 지켜보며, 그들 나름대로 결론을 이끌어 낼 기회를 제공할 뿐이에요.

— 버지니아 울프[2]

이처럼 고전이 된 책에는, 본문 이전에 훌륭한 서문이 항상 함께한다. 이런 책에는 뻔한 것을 비웃듯 넘어서서 새로운 세계로의 문을 부수는, 백 년 뒤에도 독자의 멱살을 붙잡는 패기가 있다. 그리고 서문에는 불안이 깃들어 있다. 이미 위인으로 태어난 사람은 없듯, 이미 위대하게 태어난 책은 없기 때문이다.

신기하게도 서문에서부터 이런 불안·초조함이 엿보이는 책들이 높은 확률로 훨씬 흥미로운 세계를 내 앞에 펼쳐 보여 주었다. 이런 서문과 책에는 저자도 앞으로 내가 만들어 낼 것이 무엇인지 잘 알지 못해서 전전긍긍하면서도 어떻게든 해 보려는 호기심과 주체할 수 없는 에너지가 있다.

반면 자신은 전혀 불안한 내색을 보이지 않고, "내가 이제부터 당신에게 완벽한 '가르침'을 주겠으니 나만 따라오라"고 하는 책들은 훨씬 덜 흥미로운 경우가 많았다.

⊙ ⊙

그간 책을 다루는 뉴스레터를 쓰려고 비교적 난해함과 대중성 사이에 있는 책들을 분야를 가리지 않고 읽었다. 과학·예술사·인류학 언론학·통계학·철학·평전·에세이······. 이처럼 자유분방하게 읽었던 책의 가장 큰 공통점을 꼽는다면, 서문에 나름의 **호소력**이 있었다는 점이다. 생소한 주제에 대해 낯선 저자가 글을 쓴다고 하더라도 나는 서문을 읽으면서 안심할 수 있었다. 서문에서 만나는 저자의 모습은 대체로 나와 마찬가지로 자신만의 질문을 가진 사람이었다. 그 질문이 어떻게 생겨났고, 내가 이 책을 몇 년 혹은 몇 십 년간 쓸 각오를 어떻게 다졌는지, 어떻게 이 책을 쓰게 되었는지의 경로를 조근조근 말해 주었다. 그런 서문을 읽으면서 이 정도의 각오로, 이런 태도로 고민한 사람의 글이라면 믿고 읽어 볼 수 있겠구나, 적어도 남는 것 없이 이 책을 던져 버릴 일은 없겠구나 싶었다.

반대로 단지 정보 뭉치였던 것들도 이런 생동하는 세계의 에너지를 붙잡을 수 있다면 책이 된다. 그렇게 판단한 편집자는 그런 정보 뭉치를 굳이 책으로 엮겠다고 결심한다. 2016년 5월 강남역 10번 출구 앞에 붙었던 1004개의 포스트잇을 옮겨 엮은 『강남역 10번 출구, 1004개의 포스트잇』은 누군가에 의해 텍스트로 옮겨져 엮이기 전까지는 단지 포스트잇에 불과했다. 『이라크 전쟁』The Iraq War: A Historography of Wikipedia Changelogs은 위키피디아의 '이라크전' 항목이 바뀐 내역을 엮어 놓은 책이다. 그리고 이 책들에 역시 서문이 존재한다. 우리는 이 책들의 서문을 읽으며 흘러가는 파도 속 이 조각들에 주목해야 하는 이유를 알 수 있다.

⊙ ⊙

이처럼 책의 특징이 바로 서문이 있는 텍스트 뭉치라고 했을 때, 책의 비교 불가능한 독보적인 또 다른 장점이 모습을 드러낸다. 모든 책은 서문이 있는 만큼, 제각기 '각오'를 가지고 있다는 것이다. 우리는 일상적으로 기사·블로그·유튜브 등을 보지만 이런 글에는 서문이 없다. 그런 만큼 나름의 '각오'를 지니고 쓰인 응축된 텍스트를 만나기는 어렵다. 물론 여기에도 영국 비평가 마크 피셔의 전설적인 블로그[3] 같은 예외가 있긴 하지만, 비중과 접근성이라는 측면에서다. (참고로 나는 마크 피셔의 블로그를 그의 저서를 통해 알게 됐고, 마크 피셔의 글을 알게 된 대부분의 해외 독자들도 나와 비슷할 것이다.) 즉 기사·블로그·유튜브도 나름의 각오와 서문을 갖춘다면 책이 될 수는 있겠지만 나는 같은 시간과 같은 노력이라면, 나름의 진지한 각오로 자신의 질문을 탐색한 글들을 읽고 싶다.

물론 세상에 나름의 매력적인 서문을 가진 책들은 관대하게 잡아봐야 5퍼센트 남짓이다. 이 경우에도 서문이 붙은 텍스트 뭉치로서의 책의 장점은 확연하다. 다른 텍스트의 경우 서문이 없기 때문에 한참을 헤매고 시간을 투자해야 이 글이 허름하구나라는 것을 알게 되고 그제서야 실망하게 되지만, 책의 경우 '첫 열 쪽' 정도만 읽어도 대체로 판단이 가능하기 때문이다. 대체로 잘된 책에는 잘된 서문이 있다.

이런 장점이 얼마나 대단한 것인지에 대해서는, 텍스트의 홍수에서 허우적대 본 경험이 있는 사람이라면 대체로 동의하리라 생각한다.

III
도구로서의
책 읽기

10

3무 독서법
: 부담 없이 · 중심 없이 · 대책 없이 읽기

독서는 이질적인 세계를 가장 효과적으로 불러내는 소환의 기술이자 세계를 빨리 고향으로 바꾸는 방법이기도 하다. 동화적으로 말하면 그야말로 여행하는 로봇 고양이 도라에몽의 어디로든 문이라고 할 수 있다 (……) 편안히 책을 펼치기만 하면 순식간에 완전히 이질적인 세계 속으로 들어갈 수 있다 (……) 신기한 것은 우리가 한 번 또 한 번 더 좋은 세계에 들어갈수록 이로 인해 그동안 보고도 못 본 척했던 실존 세계가 늘어난다는 것이다.

— 탕누어[1]

'해찰'이라는 단어를 표준국어대사전에서 찾아보면 다음과 같다.

1. 마음에 썩 내키지 아니하여 물건을 부질없이 이것저것 집적거려 해침. 또는 그런 행동.
2. 일에는 마음을 두지 아니하고 쓸데없이 다른 짓을 함.

내가 "해찰하는 책 읽기를 합시다"라고 하면 반응이 보통 둘로 나뉜다. 해찰이 무언가 훌륭한 의미를 가진 단어인가 보다 하고 뜻은 잘 모르지만 대충 수긍하는 쪽과 해찰이라는 단어의 뜻을 찾아보니 별로 좋지 않은 뜻이더라, 다른 단어를 선정하는 것이 어떻겠느냐 제안하는 쪽이다. 하지만 나는 이 단어의 수상쩍은 사전적 의미 그대로가 그간 나의 독서를 잘 설명해 준다고 생각한다.

나는 해찰하는 책 읽기를 '3무'無의 독서라고도 설명하는데, 이는 **부담이 없고 중심이 없고 대책이 없는 독서**라는 의미다.

책을 읽어야 한다는 부담이 너무 크다

오늘날 책 읽기에 씌워진 무게는 대단한데, 읽지 않는 사람이 늘수록 책은 범접하기 어려운 구름 위의 존재가 되어 가는 듯하다. 더구나 실용서나 에세이가 아닌, 볼펜과 노트를 붙잡고 읽어야 하는 사회과학서적이나 철학서는 쉽게 읽을 엄두조차 내지 못한다.

불과 몇 년 전의 나 또한 마찬가지였다. 기자로서 인터뷰나 기획 기사·보고서를 작성하려고 책을 읽는 것이 아니면, 생활인으로서 가외 시간을 독서에 쓰겠다고 결심하기 어려웠다. 막연히 궁금한 것이 생겨도 무슨 책을 읽어야 할지 잘 알지 못했기 때문에, 소설 몇 권 정도 빌려서 읽다 말다 하는 정도였다. 간혹 묵직한 과학서나 역사서의 서평을 읽고 솔깃해져도, 내가 감히 저런 책을 어떻게 읽겠느냐 하며 단념했다.

그런데 이런 부담을 깬 계기가 있다. 신문에는 일주일에 한 번씩 신간을 소개하는 기사가 실린다. 언론사 문화부 근처 바닥에는 늘 매주 나온 소설부터 비문학·그림책 등 다양한 책의 소포가 무릎 높이까지 군데군데 쌓여 있어서 발 디딜 틈이 별로 없다. 출판 담당 기자가 그중 소개할 만한 책을 얼추 열댓 권 추려서 문화부 전체 회의를 하고, 각자 서평을 쓸 책을 분배하고 기사를 쓰면 서평 면이 매주 채워진다.

보통 출판·학술·문학 담당 기자들이 '언론사에서 크게 다룰 만한' 책을 긴 호흡으로 쓰는 서평을 담당한다면, 나머지 타 분야 담당 기자들은 각자의 선호도에 따라 '약간 애매한' 책을 다룬다.

여기서 애매하다는 건 책의 질이라기보다는, 어디 가서 "이 책 좀 보세요, 여러분! 남녀노소 집에 반드시 갖춰 두면 아주 좋은 책입니다!"라고 보편적으로 홍보하기는 조금 애매하다는 의미다. 예를 들면 1,000페이지가 넘는 컬러 양장본이라 무게가 2킬로그램을 넘는다거나·우주의 멸망에 대한 책인데 전문 용어가 너무 많이 나와서 웬만한 우주 덕후 혹은 전공자가 아니라면 읽기 어렵다거나·환상통Phantom pain에 대한 대중서와 의학 전문서의 경계를 오가는 책이라든가·싸구려 수집품의 역사에 대한 500페이지짜리 책이라든가·누구나 애플리케이션 지도를 사용하는 시대에 전 세계의 종이 지도에 대한 책이라든가…… 이런 '애매한' 책들이 주로 내게 당도하곤 했다.

이런 책들은 일반적으론 내가 추천을 받거나 도서관

에서 빌려 볼 만한 것들이 아니었다. 관심을 갖기도 어려웠다. 그래도 일단 일이니까 어쩔 수 없이 붙잡고 읽다 보니 신세계가 펼쳐졌다. 아니, 오히려 '쓸모'나 '핵심 주장'이 애매한 책 그리고 낯선 분야의 책일수록 더 흥미로웠다. 매번 책을 펼쳐 들 때마다 시공을 초월한 새로운 세계에 초대받는 느낌이었다. 이후 간간이 도서관에 가서 아예 낯선 분야에 대한 책을 빌려서 읽는 것이 습관이 되었다.

통상 사람들은 자기가 그 분야에 대해 모르기 때문에 해 보거나 알아보기를 저어하곤 한다. 예를 들면 서핑을 해 보지 않았기 때문에 서핑에 대해서는 몸을 사리고, 음악에 대해 잘 모르기 때문에 음악에 대한 책을 열어 보길 꺼린다. 하지만 부담을 약간 내려놓고, 조금 다르게 생각할 수도 있다. 지금까지 잘 몰랐기 때문에 알아보면 더 재미있을 수도 있다는 식으로.

모르면 지금부터 읽어 보고 배우면 된다. 모르는 분야에 대한 책을 펼쳐 본다고 갑자기 하늘이 뒤집어지거나 손바닥이 책 표지에 달라붙지 않는다. 단지 어제까지는 이 책을 안 읽어 본 사람이었고, 오늘은 이 책을 읽어 본 사람이 될 뿐이다.

루소는『고독한 산책자의 몽상』에서 쓸모가 아닌 단지

배우는 즐거움으로서의 지식에 대해 이렇게 말한다.

> 고상한 취미를 가진 사람들의 주의를 식물계로부터 멀어
> 지게 하는 것이 또 하나 있다. 바로 식물에서 약제와 치료
> 제만을 찾는 습관이다 (……) 의학이 식물을 독점하여 약
> 초로 변모시켜 버리는 바람에, 사람들은 식물에서 보이지
> 는 않는 것, 즉 누구나 즐겨 식물에 부여하고자 하는 소위
> 효능이라는 것밖에 보지 못하게 되었다. 사람들은 식물의
> 조직 자체가 주의를 끌 만한 가치가 있다는 것을 이해하
> 지 못한다 (……) 이해관계나 허영이라는 동기가 섞이게
> 되면, 가르치기 위해 배우려고 하거나 저자나 교수가 되
> 기 위해 식물채집을 하게 되면 그 모든 달콤한 매력은 곧
> 사라지고 만다 (……) 또한 더이상 알고자 하지 않으면서
> 이미 알고 있는 것을 보여 주려고만 하게 된다.
> — 장 자크 루소[2]

레오나르도 다빈치는 자신의 할 일 목록에 이렇게 적
어 두기도 했다.

- 밀라노와 밀라노 교외의 크기 측정하기

- 수학 잘하는 사람을 찾아 삼각형과 같은 면적의 사각형 그리는 법 배우기
- 메세르 파지오에게 인체의 비례에 대해 배우기
- 수력 전문가를 찾아 롬바르드식으로 갑문·운하·제분기 수리하는 법 배우기
- 프랑스인 전문가 조반니가 내게 약속한 대로 태양을 측정하는 법 배우기

이 대목이 인상적인 이유는 두 가지인데, 첫째는 한 사람이 관심을 갖기에는 너무나도 허황된 감이 있다는 점이고 둘째는 모든 것을 '배우기'라고 써 뒀다는 점이다.

내가 어떤 책의 내용을 제대로 이해하지 못할 것 같아서 읽기가 저어된다면, 그 책에 대한 서평이나 저자 인터뷰를 찾아보거나 내용에 대해 잘 아는 사람에게 도움을 구할 수도 있다. 그리고 대개 대부분의 책은 막상 첫 장부터 차근히 읽어 보면 완전히 엉망진창일 정도로 오해하기는 쉽지 않다.

경험상 오히려 인터넷에서 짧게 돌아다니는 요약 버전이 무슨 말인지 이해하기 더 어려웠다. 책은 한 권 내내 수많은 예시를 들고 주장을 친절하게 반복 또 반복하는 경

우가 많기 때문에 정작 읽어 보면 이해하기 쉽다. 그리고 대부분의 책에는 본문 내용을 이해하는 데 도움이 되는 서문·옮긴이 후기·해제 등이 실려 있다. 번역서를 읽을 때는 외신에 실린 작가 인터뷰·해외 서평·유튜브나 팟캐스트 인터뷰도 (요즘은 번역 앱이 그럴듯하게 작동하니) 얼마든지 참고할 수 있다.

즉 '읽기'를 결심하기만 하면 도움받을 만한 것은 생각보다 많다. 이런 맥락에서 우리는 책을 활용해 인터넷 생태계를 더 효율적으로 활용할 수 있다. 검색해서 아는 게 아니라, 알아서 검색하는 것이다.

내 경우 뉴스레터를 쓰면서 OTT·일론 머스크·챗GPT 등 낯설었던 주제에 접근해 보게 되었다. 낯선 주제는 낯설기 때문에 알아보길 포기하기보다는, 이 낯선 것이 나를 어디까지 끌고 갈 수 있는지, 그렇게 내가 어디까지 갈 수 있는지를 시험해 본다는 태도로 살피면 적어도 이 과정에서 미처 알지 못했던 새로운 아이디어를 얻을 수 있다.

이런 낯선 세계를 바라보는 건 그 자체만으로도 흥미롭지만, 조금 색다른 맥락에서 그 사안을 바라본 덕에 참신한 아이디어를 얻게 되는 경우도 생긴다. 예를 들어 NFT에 대해 알자고 NFT에 대한 책만 읽을 필요는 없다. NFT의 본

질이 무한 복제 가능한 인터넷 세상의 텍스트·그림 등 생산물에 '대체 불가능한' 진정성을 부여하는 것이라는 점에 착안해, 아예 '진정성이란 무엇인가'에 천착해 볼 수도 있는 것이다. 사람들이 역사적으로 어떤 맥락에서 어떤 이유로 진정성을 추구해 왔는지 그리고 진정성을 가장하려고 어떤 사기들이 존재해 왔는지 파악해 가다 보면, 기술적인 측면에만 주목하는 것보다도 오히려 오늘날 NFT 유행을 더 잘 이해할 수 있다.

그리고 대체로 비전문가들에게는 그만이 얻을 수 있는 종류의 새로운 영감이 있다. 예를 들면 일본 디자이너 가와토코 유가 쓴 『나쓰메 소세키 나는 디자이너로소이다』 같은 책은 문학에 문외한인 디자이너가 '디자인'이라는 키워드로 읽어 낸 나쓰메 소세키 독해다. 마거릿 애트우드의 『돈을 다시 생각한다』는 경제학 전문가가 아닌 저자 관점에서 자본주의를 굴리는 돈과 빚에 대해 다시 생각하게 하는 묵직한 통찰을 제공한다. 이런 경계를 넘나드는 책에는 외나무다리를 장비 없이 건너려는 패기와 진정성이 있다.

정경영 교수는 『음악이 좋아서, 음악을 생각합니다』에서 '힘 빼고 즐기는' 태도를 강조한다. 그는 음악을 즐긴다는 것은 "힘 빼고, 진짜 좋은 음악을 좋다고 하고 내 취향에

안 맞는 것은 '나중에 들어 볼게요. 지금은 별로네요'라고 자유롭게 말할 수 있게 되는 것을 뜻하기도" 한다며 "이 책을 읽고 난 다음에는 누구나 음악에 대한 편한 마음을 가질 수 있었으면 합니다. 그리고 용감하게 이러저러한 음악들을 듣고 이야기할 수 있게 되면 좋겠"다고 말한다.

내가 독서에 대해서 말하고 싶은 것도 같다. 부담을 갖지 않고 내 마음에 가는 것을 이것저것 배우고 읽다 보면, 책이 책을 부르고 책 안에서 책의 길이 보인다. 어떤 책이 나쁜 책이고 좋은 책인지 보는 눈이 길러진다. 이를 위해선 일단 이것저것 무람없이 뒤적여 보는 태도가 필요하다. 나는 이 같은 **힘 빼고 기웃대는 태도를 부담 없이 해찰한다**고 표현하고 싶다.

샤를 단치는 이렇게 말한다.

어떻게 경이로운 작품들을 찾아낼 수 있을까? 비결은 많이 읽고 많이 실패하는 것이다. 안타깝지만 그 방법뿐이다. 더 많이 읽고 더 통렬한 실패를 경험하고, 또 다른 책을 읽는다. 책을 읽는 것은 새 신발을 고르는 일과 같다. 이것저것 가리지 않고 신어 봐야 가장 잘 어울리는 신발을 고를 수 있다. 이 책은 어려워서 내가 소화하기에 힘들

거야! 이런 말은 적절하지 않다. 세상에는 독자의 수준을 따라오지 못하는 책들도 아주 많다.[3]

어쩌면 낯선 책을 부담 없이 받아들인다는 것은 낯선 여행지에서 낯선 전통 음식을 먹어 보는 것과 비슷하다는 생각도 든다. 낯선 식재료를 환대하는 마음과 새로운 경험을 하고 싶어 하는 마음 그리고 부담 없이 한 번 시도해 보고자 하는 가벼운 마음에서 모든 것이 시작된다. 독서에서 그 시작은 일단 도서관의 서가를 맴돌며 이런저런 책들을 펼쳐 보는 것이다. 어떤 서가를 선택할지는 그날의 기분이나 개인적인 고민으로 결정해도 좋을 것이다.

지금 내 책상 위에는 기차 시간표에 대한 역사책과 사운드스케이프·주한미군·양자 컴퓨터·아프리카의 구전 민담 동화책이 어수선하게 놓여 있다.

책의 핵심 메시지에만 집중할 필요는 없다

학교에서 우리는 비문학을 읽든 문학을 읽든 주로 '핵심 메시지' 또는 '주된 심상'을 골라내며 읽기를 학습한 탓에 그런 방식으로 읽기에 익숙하다. 이 때문에 어떤 책에 대해 이야기할 때도 주로 저자가 의도했던 핵심 메시지를 파악하는 데 골몰하곤 한다.

하지만 책을 '하나의 완결된 덩어리'라기보다 '한 주제에 대한 글을 모은 뭉치'라고 생각한다면, 그 책에서 뻗어나갈 가지는 무한히 늘어날 수 있다. 실제로도 저자는 책을 쓸 때 한 가지 주제에 몰두하긴 하지만 '딴짓'을 하는 대목도 많고 이런 대목은 대체로 흥미롭다. 이는 마치 누군가를 인터뷰할 때 질문한 사람이 애초 의도한 답변보다도 인터뷰이가 무의식중에 흘린 한마디나 인터뷰가 끝난 뒤 녹음기를 끄고 의자를 등에 기대어 서로 수다를 떠는 순간에 더 재미있는 이야기가 툭툭 튀어나오는 것과 비슷한 이치라고 생각한다. 혹은 누군가와의 대화를 나중에 회상할 때, 그날 대화의 핵심 주제보다도 유독 이상하게 마음에 걸린 특이한 얘깃거리가 먼저 떠오르는 것과 같다.

이런 대화 속 '느낌표'의 순간은 책을 읽을 때도 마찬가지로 마주할 수 있다. 느낌표는 발화자·저자가 의도하지 않은 대목에서 무시로 튀어나온다. 나는 대체로 이런 '책 속 느낌표'의 순간에 주목하는 것에 대해 '해찰'이라고 이름 붙이곤 했다. 그리고 실제로 평소 책을 읽을 때 이런 부분을 적어 두는데, 그래서 더 흥미롭게 읽을 수 있다.

『잃어버린 책을 찾아서』는 에딘버러의 독서광 스튜어트 켈리가 유실된 과거의 작품·책에 대해 쓴 두툼한 백과사전적 읽을거리다. 이 책을 통해 나는 '센토'cento형식의 시라는 것을 처음 알게 되었다. 센토란 명시구들을 조합한 운문으로, 다른 시인들이 쓴 시행을 재배열해서 전혀 다른 시를 만들어 낸 것이다. 4세기의 인물 팔토니아 베티티아 프로바는 베르길리우스의 시 694행을 이리저리 뒤섞어 천지 창조부터 그리스도의 부활까지 이르는 그리스도교의 세계사를 서술했다. 나는 다를 것은 하나도 없지만, 결과적으로 완전히 새로운 작품이 탄생한다는 이미지에 한동안 사로잡혔다. 호르헤 루이스 보르헤스의 단편 「피에르 메나르,『돈키호테』의 저자」가 떠오르기도 했다. 여기에서 조금 더 해찰을 이끌어 가서 한동안 '새로운 것은 하나도 없이 새로운 것을 만들어 내는 큐레이션이란 가능할까?'라는 질문을 굴려 보기도 했다. 혹은 서평을 쓸 때 완벽히 그 책 속에 나온 문장들로만 엮어서 써 봐도 재밌지 않을까? 하는 엉뚱한 생각도 해 보았다. 이런 사례들은 전체 책 수백쪽 가운데서 한쪽 남짓한 분량이지만, 로렌스 스턴이 이웃 사람에게『트리스트럼 샌디』의 초고를 읽어 주다가 듣는 사람이 꾸벅꾸벅

졸면 그대로 원고를 벽난로에 던져 태워 버렸다는 에피소드와 함께 가장 기억에 남았다.

『한국 인문학 지각변동』은 물론 기본적으로 집필 취지에 따라 읽었지만, 그중 유독 재미있고도 마음에 걸린 대목이 있었다. 과거의 프랑스어 번역이 너무 엉망진창이었기 때문에 오히려 푸코의 글에 모종의 아우라가 생겼었다는 한 철학자의 인터뷰 대목이다. 그가 과거에 푸코에 매력을 느꼈던 부분은 사변적이면서도 알듯 말듯한 오묘한 부분이었는데 나중에 알고봤더니 그런 부분은 다 오역이었다. 그렇지만 그 오역 덕에 받은 깊은 인상은 여전히 남았다고 한다. 이런 인터뷰 대목을 보고 뭔가 설명하기 어려운 감정이 피어올랐다. 이에 이어 다른 생각 한 조각이 떠올랐다. 『돈키호테』는 이탈리아어 등 수많은 언어로 번역됐는데 그중에 놀랍게도 스페인어 번역본의 인기가 좋았다고 한다. 외국어로 번역되었던 판본을 다시 한 번 스페인어로 재번역했다는데, 스페인 사람들이 보기에 왠지 그쪽이 더 멋스러워 보였기 때문이라고 한다.[4] 당시 나는 기계번역의 시대·번역의 정확성에 대해 막연하게 궁리해 보던 차였다.

프리먼 다이슨의 자서전 『프리먼 다이슨, 20세기를 말하다』에서는 그가 어렸을 적 과학 서적 출간 목록을 보고서, 챌린저호에 관한 책은 너무 비싸서 12실링 6펜스짜리 피아지오의 수학책을 구입했기 때문에 미분방정식을 공부하게 되었다는 말이 기억에 남았다.

이런 종류의 독서가 너무 제멋대로인 것은 아닌지 의문스러울 수 있다. 그런데 책을 거창하게 여기지 않고 같은 시간 동안 누군가와 수다를 떠는 것이라 생각해 보면 어떨까. 만약 그 수많은 일상적인 점심 대화 가운데서 누군가 한 명이라도 내게 '센토'에 대한 이야기를 해 주었다면, 평생 나는 그와의 점심 식사를 잊지 못할 것이다. 그렇게 생각한다면 그냥 이것저것 해찰거리를 얻어 본다는 느낌으로 들춰 읽어도 그다지 손해 볼 건 없지 않은가?

린위탕은 『생활의 발견』에서 이렇게 말한다.

평소에 독서하지 않는 사람은 시간적·공간적으로 자기만의 세계에 감금되어 있다. 그의 생활은 상투적인 틀에 박혀 버린다. 그 사람이 접촉하고 만나서 대화하는 것은 극소수의 친구나 지기뿐이며, 그 사람이 보고 듣는 것은 거의가 신변의 사소한 일일 따름이다. 그 감금에서 벗어날 길은 없다. 그런데 일단 책을 손에 들면 사람은 즉시 별^別세계에 드나들 수가 있다. 만일 그것이 양서라면 독자는 홀연 세계 제일의 이야기꾼을 대면하는 것이 된다. 그는 독자를 유도하여 먼 별세계, 아득한 옛날로 데리고 가서 심중의 고민을 덜어 주고, 독자가 미처 몰랐던 인생의 여러 모를 이야기해 준다.[5]

독서를 무겁게 받아들일 필요는 없다. 세기의 이야기꾼은 꼭 역사적인 교훈 말고도 우리에게 600쪽짜리 분량의 네덜란드산 벽지라든지 동아시아산 식재료 없는 동아시아 요리에 대한 이야기를 늘어 놓을 수 있다. 여하튼 책을 일단 열어 보면 상상을 초월할 정도로 웃기거나 슬프거나 흥미로운 이야기를 접할 가능성이 높아진다.

책 속에서 창작을 위한 영감의 실마리를 얻을 수도 있다. 나쓰메 소세키는 하이쿠 시인 다카하마 교시에게 보낸 서간에서 이렇게 말한다.

사실은 요즘 논문만 읽는 머리를 식히려고 소설을 읽기 시작했네. 그랬더니 희한하게도 10분에 30초씩 뭔가 막연히 감흥이 솟구치는 거네 (……) 소생은 그것을 '인공적 인스피레이션'이라고 이름 붙였다네. 소생 같은 사람에게는 하늘이 내려 주는 영감이란 넝쿨째 굴러든 호박 같은

것이라서 기대할 수가 없으니, 스스로 인공적인 영감을 만드는 것이네.[6]

SF작가 테드 창은 자신의 두 단편집 '창작 후기'에 각각 자신이 인스피레이션을 얻은 계기를 적었다. 그 중에는 친구와의 대화 속에서 싹튼 이야깃거리도 있었지만, 다른 책에서 영향을 받은 경우가 많았다. 올리버 색스는 한 책을 읽고 깜짝 놀란 경험을 바탕으로 『목소리를 보았네』를 집필했다. 어쩌면 이 책 한 권이 자기 나름의 서평으로 읽힐 수도 있을 것이다. 이 책이 여타 서평과 다른 점은 그가 책 속 세계를 자기 눈으로 직접 확인하려고 그리고 자신의 궁금증을 끝까지 해소하려고 직접 발로 뛰었다는 점 정도다.

자신의 관심사가 있고, 눈을 크게 뜨고 안테나를 기울인다면 책에서든 단신 기사에서든 '느낌표'의 순간을 마주할 수 있다. 그것이 나쓰메 소세키가 말한 '인공적 인스피레이션'이자 내가 해찰이라고 부르는 재미난 이야깃거리다.

책에서 결론은 반드시 필요할까?

우리는 흔히 결론을 중요시한다. 책을 읽건 글을 쓰건 이런 질문이 따라 붙는다. '그래서 결론이 뭔데?' 사회 문제에 대해 논할 때도 결국은 입장이 무엇인지를 결정하는 것이 중요하다고 여겨진다.

하지만 거꾸로 생각해 보자. 입장이 무엇인지 정한 사람들의 말과 글은 항상 설득력 있는가? 어떤 글의 결론이 명확할수록 그 글은 다른 사람을 붙드는 좋은 글인가? 생각해 보면 그렇지 않다. 오히려 어떤 문제에 대해 명확한 결론을 내리지 않더라도 자신만의 물음을 치열하게 파고 내려간 글에는 호소력이 있다. 자신도 결론을 낼 수 없는 문제지만 일단은 힘이 닿는 데까지 궁리해 보겠다는 태도 덕이다. 오히려 결론 없음(결론 내릴 수 없음)을 인정하고, 애매한 것을 애매한 채로 다루고 가능한 데까지 나아간 글에는 뜨거운 힘이 있다. 이런 글들은 우리를 망설이게 하고 숙고하게 한다. 많은 진지한 저자들은 책이라는 세계 안에서 이런 태도로 문제를 다루어 왔다.

단 한 줄만으로 자신의 입장을 날카롭게 내세우는 시대에 책 한 권 분량으로 자신의 결론을 찾아가는 글, 심지어 결론을 명확히 내지도 않는 글은 '비효율적'일까? 그렇지 않다고 생각한다. 입장이 다른 사람들 간의 대화가 불가능한 양극화의 시대에 이러한 '비효율적인' '결론 없는' 글이야말로 다른 사람을 설득할 수 있는 거의 유일한 희망이라고 볼 수 있다. 어떤 문제를 진정성 있게 고민하는 필자의 에너지에 끌려 '무슨 이야기를 하는 것일까' 하고 들여다보고 싶은 마음이 들게 하기 때문이다.

예를 들어 '도시의 길고양이를 보호해야 하는가, 배제해야 하는가?'에 대하여 결론을 정해 놓을 필요는 없다. 세상의 거의 모든 문제는 그렇게 뚝 떨어지는 이분법으로 해석되지 않는다. 차라리 'A vs. B'의 구도에서 벗어나 길 고양이가 살기 어려워진 도시 공동체는 과연 사람이 살기에도 좋을까에 대해 고민해 볼 수 있다. 그 과정에서 18세기 파리의 도시 고양이에 대해 다룬 역사책이나 길고양이를 그리워한 일본 문필가의 수필을 읽어 볼 수도 있다. 이런 책들은 대체로 결론이 흐리멍텅하다. 하지만 흥미롭고 우리가 현실의 문제를 다른 관점에서 바라볼 수 있게 해 준다. 그리고 일단 읽는 과정이 흥미롭다. 결론 없이 사려 깊게 쓰인 책과 글은 양극화의 시대에 설득의 가능성, 설득의 지대를 만든다.

또한 결론을 정해 두지 않고 읽는다고 했을 때, 우리는

'고루한 현재'에서 벗어나 '어쩌면'의 독서를 해 볼 수 있다. 현재를 낯설게 보는 것이다. 예를 들어 온라인 커뮤니티에서의 혐오 발언들을 둘러싼 상황을 괄호에 넣고 '어쩌면' 혐오 범죄를 가해자(강자)와 피해자(약자)의 구도로만 바라보기보다는 다른 차원에서 바라볼 수 있지 않을까? 생각해보는 것이다. 오늘날의 현실에서는 혐오 범죄의 가해자를 '강자'로만 바라보았을 경우 이해할 수 없는 지점이 너무나도 많다.

이런 구체적인 생각이 떠오를 수 있는 것은 역시 책을 지팡이 삼아 생각의 도약대를 마련했기 때문인 경우가 대부분이다. 책은 반짝 떠오를 수 있는 생각에 살을 붙이고 고민을 심화시킬 수 있도록 돕는다. 결과적으로 이처럼 해석의 결이 다양해지면 문제를 해결하려는 경로도 다양해질 수 있다.

사회학자 김홍중은 『은둔기계』에서 다음과 같이 말한다.

사회학의 시간은 정오부터 석양까지다. 그 시간 사회학은 밝게 빛난다. 사회학은 빛의 학문·계몽의 학문이다. 어둠이 오면 사회학자들은 특별히 할 말이 없다. 어둠 속에서

142

사물과 현상은 숨겨온 다른 면모를 드러낸다 (……) 인터뷰에서 이야기되는 말과 완전히 다른 말이 들려오기 시작한다. 징그럽고, 생동감 있고, 혼란스럽고, 지저분하고, 야비한 실재가 슬그머니 얼굴을 드러낸다.[7]

여기서 말하는 사회학의 세계는 어쩌면 통상적인 '객관적인 기사'의 세계와 비슷하다고 생각한다. 이성적이고 정의로운 필자·독자들만 존재하는 세계다. 대부분의 기사는 이해보다는 응징 또는 타자화의 논리로 굴러 가고 우리의 할 일은 '인두껍을 쓴 존재들'에 대해 맘껏 분개하는 것이 전부다. 이는 진보와 보수를 막론한 얘기다. (어쩌면 진보 쪽이 더 자주 분개할지도 모른다.) 물론 이런 기사들만 있는 건 아니지만, 대체로 문제의 핵심으로 좀더 심층적으로 파고드는 것은 힘든 일이다.

실은 '나'라는 존재를 포함해 세상사라는 게 복잡한 일이다. 악의에 똘똘 뭉쳐 있는 적이란 존재하지 않고, 모든 피해자는 선이 아니다. 당연히 나는 정의의 편이 아니다. 세상사가 복잡한데 내가 생각하는 것마다 정의라면 나는 악을 물리치는 게 직업인 정의의 사도일 것이다. 당연히 대부분의 현실에서는 선과 악이 명확하지도 않다. 『우리는 침묵

할 수 없다』에서 올레나 빌로제르스카라는 우크라이나 여성 저격수는 적의 머리를 쏘면서도 집에 가는 길에 살 코티지치즈와 달걀 생각을 한다. 카렐 차페크는 '주머니속 이야기' 연작에서 '범죄 없는 범죄 소설'을 늘어놓는다. 경작지를 물려주지 않아 장인을 살해한 농부의 변호사는 재판정에서 이렇게 호소한다. "그를 처벌한다면 소를 잡았다는 이유로 백정을 처벌하고, 굴을 팠다는 이유로 두더지를 처벌하는 것과 마찬가지입니다."

책에는 많은 이야깃거리가 잠들어 있다. 하지만 그것은 흔들어 깨우지 않으면 말하지 않는다. 오늘날 수많은 책이 쏟아져 나오는데 '한물간' 서고를 뒤적여 보는 사람은 좀처럼 없다. 도서 홍보 차 출판사·언론사에서 신간을 소개할 때 말고는 한번 서고에 들어간 책은 좀처럼 다시 소환되지 않는다. 하지만 책은 유통기한이 있는 우유가 아니다. 우리는 더 많은 책을 '부담 없이' 뒤적이고 거기서 오늘날의 고민에 대해 생각할 실마리를 찾을 수 있다.

나는 학자가 아니고 전문가도 아니지만 책으로는 해찰하듯이 할 수 있는 부분이 있다고 생각한다. 단지 신문지 만드는 회사 귀퉁이에서 뜬금없이 책을 꺼내서 펼쳐 보는 간단한 행동으로 말이다.

11

'좋은' 책 불러오는 법
: 일상의 질문에 답이 되는 책 찾기

우리는 주목할 만한 것을 볼 줄 아는가? 우리의 시선을 사로잡는 무언가가 있는가?

— 조르주 페렉[1]

"읽을 책을 어떻게 골라야 하나요?"라는 질문을 종종 받는다. 책을 아예 안 읽는 사람만의 질문은 아니고 한때 책을 많이 읽었더라도 한동안 읽지 않아 어떤 책을 읽어야 할지 모르겠다는 사람들이 있다.

우리는 잘 알지 못하는 분야에서는 어떤 책을 믿고 선택해야 할지 더욱 고민한다. 때로는 수준에, 때로는 관심에 맞는 책을 고른다. 그렇다면 결국 책 고르는 일도 진리의 '케이스 바이 케이스'일 수밖에 없을까? 그럼에도 나는 읽을 책을 찾는 방법 또는 감각에 대한 이야기를 하는 것이 의미 있다고 생각한다. 그것은 우리가 책, 새로운 세계를 접하게 되는 여러 가지 방법, 그중에서도 특히 그 주요한 시작점 (토끼굴의 입구)을 잘 보여 주기 때문이다.

우선 '읽을 책을 찾는다'라는 말에는 한 가지 전제가 숨어 있다. 내가 무언가를 사전에 인지한 채 의식적으로 읽을 만한 책을 찾는다는 것이다. 즉 이 행위는 의식적(혹은 의도적)이다. 의식적으로 읽을 책을 찾으려면 우선 내가 알고 싶고 왠지 모르게 자꾸 궁금한 것이 무엇인지, 막연하게나마 알고 있어야 한다. 이 단계에서는 마치 사막 한가운데서 바늘을 찾는 듯 막연하고 취약한 느낌이 들기도 하지만, 이는 저널리스트나 학자·작가도 마찬가지다. 다만 평소 이런 질문에 주목하고 파고들어 확장하는 사람은 자신이 잘 모르던 분야에 대해서도 금세 깊은 독서를 할 수 있게 된다.

임사 체험부터 우주여행 등 수많은 주제를 깊이 있게 취재한 일본 저널리스트 다치바나 다카시는 어떤 기사를 쓰려고 조사에 착수할 때 항상 책방을 돌며 그 주제에 관한 수십 권의 책을 사들이는 데서 시작했다고 한다. 그렇게 사들인 책을 쌓아 올리면 자신의 키를 훌쩍 넘어설 때도 있었다고 하는데, 물론 그 책을 죄다 정독하는 것은 아니고, 교과서가 될 만한 책 한 권을 잡아 거기서 가지를 뻗어 나가는 식으로 읽어 나간다. 하지만 실상 마구잡이로 읽으면서 해당 분야에 대한 기본적인 '감'을 잡는다.

이 과정에서 애매했던 처음의 질문은 훨씬 구체화되고, 독서의 수준도 깊어진다. 이 과정은 단선적으로 어떤 키워드가 있어서 그것에 대해 뚝딱 모든 걸 답해 줄 수 있는 단 한 권의 책을 발견하는 것이 아니다. 계속 조금씩 더 알고, 궁리하고, 질문을 수정하고, 읽고, 다시 반대로 살펴보고, 나와 다른 입장을 지닌 텍스트를 읽고, 반박하고, 파고 들어가는 과정이다.

토끼굴의 시작점이 되는 '애매한 질문'이 구체적이지 않은 경우도 많다. 어떤 광경이나 사소한 기사 등을 볼 때 '다른 사람들은 이 문제에 별 신경을 쓰지 않지만, 나는 왠지 모르게 신경이 쓰인다'라고 평소 느낀 지점, 즉 나만의 문제의식에서 시작할 수 있다.

예를 들어 종로3가 탑골공원 앞을 걷다가 거리에 나와 앉아 있는 노인들이 모두 남자라는 것에 왠지 모를 호기심이 생겨서, '그렇다면 여자 노인은 어디 있는가?'라는 막연한 궁금증이 들 수 있다. 이건 꼭 노인복지학이나 도시학 전공자가 아니더라도 누구나 떠올릴 수 있는 질문이다. 혹은 일상적으로 인터넷 뉴스의 댓글을 보면서 '왜 이렇게 공격적인 댓글이 많을까?' '이런 댓글을 통해 수익을 얻는 사람은 누구일까?' '공격적인 댓글 대신 서로 의미 있는 소통을 할 수 있는 방법은 없을까?' 등의 궁금증이 들 수도 있다. 이런 애매모호하지만 왠지 모르게 계속 뇌리에서 떠나지 않는 질문을 나는 '침대 밑 완두콩'이라고 부른다. 안데르센의 동화 『공주와 완두콩』에서 한 공주는 매트리스가 높다랗게 수십 장 깔린 침대에서 잠을 설친다. 그 아래 깔린 아주 작은 완두콩 한 알 때문이다.

그런 제각기 궁금하거나 불편하거나 신경 쓰이는 지점은 책을 읽기 전까지는 아주 보잘것없고 막연하지만, 질문을 품고 이런저런 책을 읽으면 점차 나름의 방향으로 자리를 찾아간다. 그런 식으로 책 안과 바깥에서 의식적으로 안테나를 세우다 보면 어느샌가 서평을 읽든 다른 책을 읽든 유튜브를 보든 간에 자석처럼 그런 질문에 대한 실마리가 나타난다. 실마리는 작가이거나 책이거나 키워드일 수 있는데, 그걸 가지고 다시 깊게 파고들어 가면 된다. 그렇게 자기만의 완두콩에 집중할 때 독창적인 나만의 질문과 주목 포인트가 생긴다. 보통은 질문의 절박함에 비례해 더 긴밀한 독서가 가능하지만, 일상적인 질문도 그때그때 키워 두면 서가에서 더 흥미로운 책과 책 속 구절에 주목할 수 있게 된다.

이런 일련의 과정을 돌이켜 보면 내가 일방적으로 특정한 책을 고른다기보다는 나만의 '막연한 질문'을 지닌 채, 마치 스웨터에 도깨비바늘 붙듯 어떤 책이 내게 붙기를 기대하며 부지런히 걸어 다닌다는 쪽이 좀 더 맞는 표현일지도 모르겠다. 그럼에도 내가 이런 식의 책 찾기에 '의도적'이라는 수식어를 붙이는 이유는 내 안의 풀리지 않는 질문을 철저히 의식하며 그것에 대한 답 혹은 이야깃거리를 찾겠다는 각오로 '안테나를 세운 채' 책 속을 탐험하기 때문이다.

◉ ◉

절박한 사람들은 언제나 책보다도 자신의 '질문'이 우선이다. 브리콜라주처럼 자기 손에 잡히는 모든 것들을 붙잡아 지푸라기와 종이로라도 허공에 길을 만들어 내고야만다.

● 주어진 한정된 도구, 재료를 가지고 최선의 결과를 만들어 내는 기술.

국내에서도 큰 주목을 받은 룰루 밀러의『물고기는 존재하지 않는다』는 책을 쓰는 과정 자체가 다층적인 '읽기'의 과정과 긴밀하게 연결되어 있다는 점에서 주목할 만하다. 그는 자신의 어릴 적 트라우마를 극복하고 자신의 삶에 서사를 세우려고 데이비드 스타라는 과거 박물학자·우생학자의 삶의 서사를 추적한다. 그는 마음 깊숙이 자기만의 질문을 가지고 있다가 우연히 데이비드 스타에 얽힌 짧은 사건 기사를 읽고 그의 삶에 관심을 갖게 된다. 이후 밀러는 고서점에서 데이비드 스타의 전기를 구입해 읽는다. 그 과정에서 자신의 삶의 질문도 엮여 간다. 그가 스스로의 삶에 대한 질문을 던진 곳은 '정신의학'과 '건강' 서가가 아닌 엉뚱해 보이는 한 19-20세기 박물학자의 낡은 회고록과 과학책 사이에서였다. 만약 그가 자신의 트라우마를 극복하고 치유된 삶을 살려고 트라우마 극복하기에 대한 조언을 골랐다면 이만한 흥미로운 질답의 궤적을 그릴 수 있었을까? 이처럼 어떤 것을 읽는 것은 결코 텍스트로부터 '일방적인 가르침'을 받는 것이 아니라, 자신의 삶과 얽히는 역동적인 과정이다. 책을 고르는 단계에서부터 이미 그렇다.

내 마음속에 침대 밑 완두콩 같은 강렬한 질문이 있다면, 어디서든 그 답을 반드시 찾아내게 된다. 이 때문에 평소 책을 읽을 때 가장 중요한 것은, 읽을 책을 고르는 것만큼이나 사전에 내게 다가오는 질문들을 여러모로 벼려 두는 것이다. 나의 마음속에 질문이 있을 때 어떤 책을 읽든 이야기가 와서 자석의 철처럼 달라붙는다. 편집자 사도시마 요헤이는 『관찰력 기르는 법』에서 이런 현상을 '의식적 확증편향'이라고 일컫기도 했다.

예를 들면 제인 제이콥스의 도시에 대한 책 『미국 대도시의 죽음과 삶』을 읽으면서 평소 노키즈존에 대해 갖고 있었던 질문을 키워 보고, 티보르 스키토프스키의 책 『기쁨 없는 경제』을 읽으면서는 평소 우리가 지루함을 느낄 때 어떻게 살아갈 수 있을지에 대해 고민해 볼 수 있다. 대체로 이처럼 어떤 책에서 엉뚱한 부분에 눈이 꽂히는 것은 나만의 특징이 아니라, 이것이 원래 우리가 무언가를 더듬어 가는 과정이 아닐까 싶다.

여기에는 별다른 거창한 방법론이 필요하지 않다. 나를 포함한 이 시대를 살아가는 누구나 궁금해할 만한 질문을 잘 품어 두었다가 책을 읽기 위한 렌즈로 삼는 것이다. 읽을 책을 찾는 것과, 책 안에서 내가 구하던 것을 찾는 것은 크게 동떨어진 일이 아니다.

다만 꼭 시종일관 자신의 관심사에 의식적으로 주목

하며 책을 고를 필요는 없다. 평소 자신의 확고한 질문이 있다면 굳이 어떤 질문'에 대한' 책을 살펴보겠다는 의식이 없어도 어떤 책이나 대목에서든 메시지를 이끌어 낼 수 있기 때문이다.

다치바나 다카시는 『지식의 단련법』에서 책방을 돌고 입문서부터 전문서까지 면밀하게 좋은 책 고르는 법에 대해 설명하면서도 당장 필요없는 책을 일정 정도는 반드시 병행해 읽으라고 조언한다. 당장 쓸모와 목적이 불명확한 책에서 영감이 나오는 경우가 훨씬 많기 때문이다. 숀케 아렌스는 "만약 우리가 배우려는 것만 배웠다면 아마 말하는 법도 배우지 못했을 것[2]"이라고 말했다. 앞에서도 여러 차례 해찰에 대해서 이야기했지만, 해찰은 단지 '자투리'나 '보너스' 같은 게 아니다. 오히려 우리가 세상을 배우는 핵심 과정이 해찰이 아닐까 싶다.

자신의 질문을 정해진 카테고리나 안전한 울타리 안에서만 굴리는 것이 아니라 다방면으로 촉수를 뻗어 가며 답을 얻어 보려는 노력이 중요하다. 거기서 오히려 내가 상상하던 것 이상의 낯선 영감을 얻을 수 있다. 왜 그럴까 곰곰 생각해 보면, 아마도 세상이 돌아가는 방식이 두부를 자르듯 나뉜 분류에 따라 돌아가지 않기 때문일 것이다. 독립

연구자이자 모리타 마사오의 『수학의 선물』을 옮긴 박동섭은 이 책 옮긴이의 말에서 이렇게 말한다.

> 삶에 어디 분과가 있던가! 길을 걷다 넘어지는 것은 물리학적 경험인가? 사랑하는 이와 이별하고 흘리는 눈물은 생물학적 현상인가? 물에서 산소와 수소를 분리하는 것은 화학적인 경험이고, 카뮈를 읽는 것은 문학적 체험이며, 미적분 문제 풀기는 오로지 수학에만 바쳐지는 시간인가? (……) 삶의, 그 대신할 수 없는 풍요에 다가가기 위해서는 규격화된 틀에서 벗어날 필요가 있다.[3]

인구 문제·노키즈존·반지성주의·혐오·선택 불안·기술로 인한 소외 등은 모두 이 시대를 살아가는 우리가 겪고 있는 문제다. 문제 대신 '인간'을 중심에 둔다면, 질문을 품은 '나'를 중심에 둔다면 오히려 책에 한껏 귀를 기울이고, 책의 핵심 내용이 아닌 곳에서도 영감을 길어 낼 수 있다. 그것이 내가 읽을 책을 찾고, 책을 읽는 과정이다.

12

인터뷰 독서법: 대화하듯 읽기

일상적으로 무언가를 곰곰 생각하려고 책을 읽는 순간에 나는 반드시 끄적일 수 있는 수첩과 연필을 챙긴다. 꼭 무언가를 남기겠다는 의도는 아니다. 책 읽을 때 말고 인터뷰를 할 때도 수첩과 연필을 가지고 다니는데, 이는 내가 이제부터 당신의 말을 각별히 신경 써서 듣겠다는 시그널이자 내 나름의 리추얼이다.

예전에 한 인류학자가 "나는 현장 조사를 하듯 책을 읽는다"라고 했던 말이 인상 깊었다. 그는 자신에게 독서란 자신(독자)의 세계와 책(저자)의 세계가 만나는 지점이라고 했다. 내가 생각하는 독서도 이와 비슷하다. 대체로 나는 어떤 책을 만났을 때 인터뷰를 하듯 책의 저자가 책상 앞에 마주 앉아 있고 나는 그의 이야기를 듣는다고 생각하며 책을 읽는다.

인터뷰를 할 때 나는 보통 녹음기도 켜고 가져간 종이에 뭔가를 쓰면서 듣는다. 이는 '읽기 준비 과정'과 동일하다. 책상에 앉아 있을 때 나는 대체로 펜을 손에 쥐고 읽고, 이동 중이라면 반드시 작은 수첩을 펼치거나 포스트잇을 책에 붙여 두고 거기에 무언가를 끄적인다. 이처럼 써 가면서 이야기를 듣는 이유는 나중에 단순히 들은 내용을 죄다 기억하려는 것도, 그 메모를 보고 대화를 떠올려 기사를 쓰려는 목적도 아니다.

잘 듣기 위해서

기본적으로 인터뷰는 낯설고 흥미로운 타인의 세계로 들어가는 일이다. 정좌하고 경청하는 태도를 갖는 것이 우선이다. 독서도 마찬가지다. 나와 타인의 세계가 만나되, 일단 '듣는' 것이 주가 되어야 한다. 자신의 배경지식과 세계관을 지나치게 앞세워서 들어야 할 이야기를 듣지 못하게 되는 일은 없어야 한다. 마키아벨리는 13세기에 쓰인 책을 읽을 때면 그 시대의 의관을 갖추고 책을 읽었다고 한다.

일단은 타인의 이야기를 충분히 듣고, 그것을 객관화하는 과정을 거쳐야 한다. 이 과정에서 자신의 생각은 잠시 괄호 안에 집어넣는다. 아는 것이 있더라도 굳이 과하게 꺼내지 않는다. 주체적으로 자신의 생각을 괄호에 넣고 상대방의 이야기를 최대한 상대방의 관점에서 읽어 내려고 하는 일이다. 철학자 지바 마사야는 『공부의 철학』에서 다음과 같이 말한다.

> 새로운 표현에 대한 위화감을 소중히 하자. 그 분야(=환경)에서 쓰이는 표현(=사고방식)의 코드를 메타로 바라보는 것이다. 그러려면 자신의 체감에 가까이 끌어당겨서 이해하려고 하지 않아야 한다. '내 체감과 맞지 않아서 잘 모르겠어'라고 말한다면 공부를 진행할 수 없기 때문이다. 애초에 기존의 자신과는 이질적인 세계관을 얻으려 애쓰는 과정이므로 체감에 맞지 않는 내용이 쓰여 있는 것이 당연하다. 오히려 '왜 이런 식으로 쓰여 있는거야?' 하며 기분이 나빠지고 때로는 불쾌하게 느껴지는 내용이 포함된 사고방식을 배워야 비로소 공부라 할 수 있다.[1]

인터뷰를 그저 '듣는 것'이라고 하면 이는 인터뷰에 대해 절반만 말한 것이다. 이상적인 인터뷰는 '대화'다. 그리고 대화를 하면서 연필을 손에 붙잡는 또 다른 이유가 있다.

적재적시에 유효하게 끼어들기 위해

인터뷰어는 적재적소에 섬세하게 개입한다. 화자에 맞추어 때론 동조적으로, 때론 전투적으로 임해야 할 때도 있다. 기만적인 화자의 이야기를 곧이 곧대로 옮기는 대신 적극적으로 딴지를 걸고, 너무 미약해 잘 들리지 않는 이야기에 대해선 구체적인 답을 끌어내려고 세심하면서도 전향적으로 질문하는 식이다. 이처럼 의식적으로 대화의 흐름 및 균형을 생각하지 않으면 자칫 인터뷰는 단지 대상의 이야기를 곧이 곧대로 풀어놓는 것이나 다름없게 된다. 그런 이야기도 아주 의미가 없진 않겠지만, 그럴 거면 굳이 인터뷰라는 형식을 취할 이유가 없다.

독서도 비슷하다. 독서의 목적은 단지 남의 생각을 내 머릿속으로 그대로 옮겨 두는 것이 아니라, 나만의 관점으로 텍스트를 읽어 내는 것이다. 그 과정에서 '텍스트'와 '나'

둘 중 어느 쪽도 간과돼선 안된다. 이에 어떤 책은 저자의 의도를 오해하지 않으려고 정신을 바짝 세운 채 읽어 내려가야 하고, 어떤 책은 싸우듯 읽게 되기도 한다.

예를 들면 『나의 투쟁』 같은 책에는 이탈리아의 대담한 여기자 오리아나 팔라치의 가차없는 태도가 어울린다. 거장의 넓고도 깊은 사상을 세심하게 탐사하려면 앨리너 와크텔●의 치밀한 사전 준비와 예리한 질문법이 제격이다. 목소리를 갖지 못했던 자들의 모호한 이야기를 있는 그대로 들으려면 스베틀라나 알렉시예비치●●의 끈기와 균형, 경청의 태도가 필요하다.

이때 펜을 손에 붙잡고 마치 인터뷰를 할 때처럼 그의 말의 핵심을 간단히 적기도 하고, 그때그때 의문 나는 점을 써 두면 좋다. 물론 독서는 인터뷰와는 달리 나의 의중에 따라 나중에 몇 번이고 다시 읽어 볼 수 있다는 차이점이 있다. 하지만 '나중에 다시 읽어 볼 수 있다'는 가능성이 곧 '나중에 다시 읽는다'로 이어지는 경우는 드물다. 이 때문에 기본적으로 '이번에 제대로 읽지 않으면 나중엔 기회가 없다'는 마음으로 적당한 긴장감을 지닌 채 읽으면 텍스트에 집중하는 데 좀 더 도움이 된다.

● 캐나다의 저널리스트이자 교수·문학평론가. 『인터뷰, 당신과 나의 희곡』을 썼다.

●● 벨라루스의 저널리스트이자 작가. 일명 '목소리 소설'이라는 장르를 창시하고 『전쟁은 여성의 얼굴을 하지 않았다』 등을 썼다. 2015년 노벨문학상을 수상했다.

이렇게 주의 깊게 상대의 말을 듣되, 마지막으로 주의해야 할 부분이 있다. 인터뷰에서 인터뷰이가 중심이 되는 것은 어디까지나 인터뷰 장소에서까지다. 그 이후 녹취를 정리하고, 펜을 움직여 몇 시간에 걸친 대화를 만들고, 그 세계를 20매 분량으로 줄이고 종이 위에 구축하고 제목을 붙여 '글'로 만드는 것은 어디까지나 인터뷰어다. 즉 타인의 세계를 들으러 간 인터뷰어의 마지막 책임은 듣는 것에서 끝나는 게 아니라 자신의 언어로 써 내는 것까지다.

이를 책과 연결 지어 생각해 본다면, 내가 생각하는 이상적인 독자는 단순히 읽는 사람에 그치는 것이 아니라 책(인터뷰이)을 경유해 세상에 말을 거는 사람이기도 하다. 비록 일련의 과정에서 책이 중심이 되긴 하지만, 애초에 그 책을 읽기로 결심하고 다가가고 어떤 질문을 던지는 모든 배경 텍스트는 독자의 주관이다. 그리고 그 반짝임을 글로 남기는 것은 독자의 책임이자 특권이다.

물론 그런 책임감이 없이, 펜을 쥐지 않고 편하게 읽어도 무관하다. 다만 그 정도의 책임감과 각오가 있다면, 책은 나를 웬만해서는 그냥 지나쳐 흘러가지 않는다. 그리고 그 만남을 글로 남긴다면 다른 사람에게도, 책에게도 어떤 자국을 남긴다.

이 때문에 나는 당장 인터뷰를 하고 싶을 정도로 좋은 책(문제적인)을 만나면 굳이 번거롭게 펜을 쥐고 정자세로 읽는다. 이는 내게 '무거운 의무'라기보다는 낯설고 귀한 손님을 맞는 기쁨이다.

13

읽기와 쓰기를 연결하는 메모법
: 독서 일기에서 서평까지

나에게 독후감은 일기이자 메모 같은 것이다. 오랫동안 독후감을 거의 일기처럼 썼고 그것을 책에 대한 메모와 뒤섞어 왔다. 다르게 말하자면, 내게 메모에 대한 이야기는 상당 부분 독서 그 자체에 대하여 이야기하는 것이나 마찬가지다.

메모에는 두 가지 차원이 있다. 막연히 떠오르는 생각에 박차를 가해 더 진전시키려는 차원 그리고 각별히 기억할 만한 것을 잊지 않으려고 쓰는 비망록의 차원이다. 내가 책을 읽으면서 늘상 하는 메모는 대체로 전자다.

서평은 그중에 남과 공유할 만한 것들을 발췌해서 다

시 조합한 것이다. 따라서 반드시 남에게 공개하지 않는 종류의 치밀한 글쓰기, 생각의 과정이 전제가 되어야 하고, 내 경우 '독후감 메모'를 통해 그 과정을 거친다.

나의 메모는 '숲'과 '나무' 차원에서 이루어진다.

책을 읽고 나면 먼저 '전반적인 소감·인상'을 최대한 가감 없이 적는다. 예를 들면 다음과 같다. "중반 이후부터 책장을 아껴 가며 읽게 된 책" "저자의 자의식이 넘치지만 그것이 밉게 보이지 않는 책" "여러 가지 의미에서 압도적인 책" 등이다. 무언가를 처음 접했을 때 이런 커다란 인상을 낚아채 두는 것이 중요한 이유는, 느낌이 전부는 아니지만 어떤 느낌이 드는 데는 분명히 이유가 있기 때문이다. 이건 책에 대한 평가라기보다는 그 책이 내게 남긴 '첫인상'이라고 할 수 있다. 아무리 훌륭하고 좋은 책이라도 내게는 그닥 큰 감동이 없을 수 있고 오히려 거부감이 들 수도 있다. 공개적인 메모를 쓴다면 이런 식으로 어떤 책이나 저자에 대한 나쁜 말을 쓰기 꺼려지지만, 개인적인 메모라면 얼마든지 수상한 첫인상에 대해 궁리해 볼 수 있다.

그리고 이어서, 이런 인상을 느끼는 이유를 소략하게나마 적어 본다. 아마도 내가 아직 이 책을 읽을 준비(마음)가 충분히 되어 있지 않아서 그런 것 같다든지, 예시가 지나

치게 많은 글을 내가 좋아하지 않기 때문에 이런 인상을 받은 것 같다든지 등이다. 오히려 책을 '잘 읽었다. 너무 좋다'라는 감상보다도, 이런 식으로 다소 마음에 안 들었던 부분을 깊숙하게 파고드는 것이 중요한데, 이는 책에 대한 정보보다도 나에 대한 정보를 메타적으로 바라볼 수 있는 소중한 계기가 된다. 보통은 내가 어떤 생각을 가지고 있는지 새삼스럽게 혼자 맨바닥에서 밀도 있게 궁리할 기회가 없다.

이렇게 '숲'을 전반적으로 살피고 나면 이어서 '나무'를 보는 감상으로 넘어간다. 구체적으로 책의 인상깊은 부분을 옮겨 적은 뒤 최대한 구체적으로 그 이유를 쓰는 식이다. 책을 읽다가 어떤 부분에 밑줄을 치고 별을 그렸다면 그 순간에 분명 느낀 것이 있을 것이다. 그것을 막연히 '너무 좋다' '공감'에서 그치는 게 아니라 곧장 최대한 구체적으로 언어화하는 것이다. "나는 이 부분이 좋았는데, 이유는 이러했다. 이어 예전에 읽었던 이 기사라든지 친구랑 수다 떨었던 게 떠오르기도 했다"라는 식으로 말이다. 이렇게 '심지'를 빼두면 나중에 책에서 이 대목을 인용할 때도 훨씬 더 적확하게, 인상에 의지하지 않고, 맥락에 맞게 인용할 수 있다. 꼭 인용이 목적이 아니더라도 이 과정을 통해 다시 한번 생각을 깊게 하는 과정을 거칠 수 있다.

여기서 중요한 건 '인상 깊은' 부분이라는 점이다. 꼭 내가 좋아하고 100퍼센트 공감하는 대목이 아니더라도, 책의 핵심 메시지 가운데 내게 가장 껄끄럽게 와닿는 부분·이상한 부분·내 생각과 달라서 화를 내면서 본 부분·아주 웃겨서 여러 번 읽고 싶은 부분·글맛이 뛰어난 부분·이 대목을 구실삼아 뭔가 좀 써 보고 싶은 부분·무슨 소리인지 잘 모르겠지만 왠지 흥미로운 무언가를 품고 있는 것처럼 보여서 가지고 놀아 보고 싶은 부분 등이 모두 인상 깊은 부분에 포함된다. 그러면 나중에 다시 읽을 때는 그 부분이 다르게 읽히기도 하고, 몇 년 후에야 그 대목의 의미가 어렴풋이 떠오르기도 한다.

메모하는 방법은 사람마다 차이가 있을 수 있지만, 내 경우는 책 옆에 짧게 적는 것보다는 최대한 길게 생각을 풀어내는 것을 선호하는 편이라, 책에는 웬만하면 메모를 잘하지 않는다. 줄글로 풀어서 메모장에 쓰는 편이다. 필요한 경우 하이퍼링크·기사·영상·키워드 등을 덧붙여 갈무리해 두기도 한다. 책의 해외 서평·관련 논문이나 나중에 이책과 관련된 주제를 살펴볼 때 검색 키워드로 삼을 만한 것도 써 둔다. 책에 도판이 소개됐다면 직접 검색해보고 링크도 메모 옆에 달아 둔다. 그러면 저자가 미처 짚지 않은 그 책에 대한 다른 흥미로운 시각의 자료를 찾아낼 수도 있다. 영미권 유명 필자들의 경우 웬만하면 인터뷰 영상을 찾을 수 있는데, 그런 영상을 찾아보면 저자가 직접 책의 핵심 메시지를 간결하게 전달하고, 해당 메시지에 대한 일반인의 반응도 댓글·표정 등을 통해 볼 수 있으므로 큰 도움이 된다.

마지막으로 책을 읽고 난 뒤 관심이 생긴, 다른 읽을 만한 책도 정리해 둔다. 책을 좀 읽는 사람이라면 이미 책 속에서 다른 책을 추천받아 읽은 경우가 많을 텐데, 이 방법의 커다란 장점은 그 분야에 대한 흥미롭고 믿을 만한 책을 손쉽게 소개받을 수 있다는 점 외에 또 있다. 뒤이어 읽게 되는 인용·참고 도서들을 통해 앞선 책 저자의 개성과 독서의 깊이·어떤 사안에 대한 입장 등을 더 명확하게 이해하게 되기도 한다는 점이다. 간단히 말해, 저자가 전해 준 책 속 '인용문'의 독창성과 깊이에 따라 저자에 대한 신뢰가 깊어지기도 한다. 그리고 그렇게 든든한 신뢰가 생긴 저자의 책은 주제가 무엇이든 간에 나중에 서가에서 맞닥뜨리면 조금 더 유심히 보게 된다.

이 일련의 과정에서 메모를 철저히 '개인적'으로 써야 한다는 것은 아무리 강조해도 지나치지 않는다. 개인적으로 써야 틀릴 것을 두려워하지 않고 최대한 나의 무지에 집중할 수 있다. 개인적이지 않으면 메모가 내 손에 붙지 않고 생각을 원하는 만큼 깊이 파고내려갈 수도 없다. 아무리 작은 블로그에라도 '공개적'으로 무언가를 쓸 때 남의 눈을 의식하지 않는 사람은 거의 없다.

반면 지극히 개인적인 메모의 장점은 남은 물론 내 눈치도 살필 필요가 없기에 어떤 개념을 쓰면서 '내가 혹시 잘못 알았나?' 하며 자신의 생각을 검열하지 않아도 된다는 점이다. 물론 어떤 개념을 정확하게 쓰는 것은 중요하지만, 메모 단계에서는 일단 생각을 거침없이 뻗어 가는 편이 훨씬 더 중요하다. 틀린 걸 애매하게 생각만 하고 지워 없애 버리기보다는 오히려 명백하게 틀리게 써 두면, 나중에 다시 그 메모에 닿았을 때 틀린 걸 명확하게 고칠 수 있다. 그래서 보통 남을 향해 글을 쓸 때는 내가 잘 아는 것에 대해서도 90퍼센트 정도를 쓰게 되지만, 나만 보는 메모를 할 때는 내가 모르는 것에 대해 훨씬 더 집중해서 마음껏 떠들어 볼 수 있다. 아는 것에 대해 자신 있게 말하는 것도 중요하지만, 모르는 것에 대해 작정하고 탐구해 보는 것이 대체로 훨씬 흥미롭다. 그런 탐구의 결과 도출되는 결론은 나조차도 미처 알지 못했던 것이 많기 때문이다.

내게 메모는 읽기 및 쓰기와 결코 떼 놓을 수 없는 작업이다. 어떤 책에 대해 공개적인 서평·레터를 쓴다고 할 때 곧장 서평부터 쓰기 시작한 경우는 없다. 보통은 이미 써 둔 독후감 메모를 출력하고, 기존에 읽었던 책을 다시 살펴보는 데서 시작한다. '나의 쓰기'를 '모두의 쓰기'로 바꾸는 과정인데, 이는 글의 수위(수준)를 독자 층위에 맞추는 과정이기도 하다.

내가 메모에 대해 하고 싶은 말은, 메모란 누구에게나 통하는 방법론이라기보다는 자신의 목적을 가장 잘 수행하기 위한 전 단계라는 점이다. 또한 가능한 한 일기를 쓰듯 솔직하게 쓴다면, 모든 글쓰기에 활용할 수 있는 소중한 자산이 된다.

이 때문에 실은 책을 읽고 난 뒤 쓰는 것이 일기인지 독후감인지 서평인지는 내게 그렇게 중요한 문제가 아니다. 아니, 서평을 넘어 기사가 될 수도 있고, 재밌는 작당·기획 혹은 나만의 책이 될 수도 있다. 성실하게 만든 개인화된 메모뭉치는 언제나 '책 그 다음'을 상상할 수 있게 해 준다.

14

책이라는 기회
: 책은 생각을 낚는 그물

타인의 말은 잠자고 있는 두뇌를 자극한다. (……) 마치 상대방의 말이 그물이 되어 내 머릿속에 떠다니는 물고기를 잡는 것 같은 느낌이 든다. 물고기는 보통 바다 깊은 곳에서 헤엄쳐 다니기 때문에 우리 눈에는 잘 보이지 않는다. 그러다 조류나 해류의 영향을 받아 바닷물이 뒤섞이면 수면 가까이 올라오는 물고기를 좀 더 손쉽게 잡을 수 있다.

— 사이토 다카시[1]

만약 앉은 자리에서 갑자기 '공정'이나 '평화'에 대해 생각해 보라고 한다면 사람들은 어떤 반응을 보일까? 평소 이런 주제를 연구하는 소수의 학자가 아닌 이상 달리 흥미로운 생각을 내 놓지 못할 것이다. 낙서 같은 글 몇 줄을 적을 수도 있겠지만 그나마도 중학생 작문 정도의 뻔하고 심심한 글일 가능성이 높다.

나도 마찬가지다. 뉴스레터에서 "책을 지팡이 삼는다"라는 말을 여러 번 썼는데, 이 말이야말로 내가 발행하는 뉴스레터의 핵심이다. 지금까지 수많은 주제를 다룰 수 있었던 건 순전히 책을 지팡이 삼았기 때문이다. 즉 책을 읽으면서 관련 주제에 대한 생각을 깊이 이어 갔기 때문이다.

통상 맨바닥에서는 어떤 생각을 떠올리기가 어렵다. 당연한 말이지만, 어떤 생각을 섬세하게 떠올리고 논리를 정립하려면 구체적인 계기가 필요하기 때문이다. 이런 맥락에서 사람들은 자신이 어떤 사안에 대해 별다른 생각이 없다고 '오해'하는 경우가 많다. 오해라는 단어를 쓴 이유는 이것이 사실이 아니기 때문이다. 사람들은 아주 간단한 계기만 있으면 어떤 사안에 대해 아주 구체적인 의견을 갖기도 하고 꽤 심도 있는 통찰을 내놓기도 한다. 여기서 중요한 건 '계기'다.

사이토 다카시는 '그물'이라는 비유를 사용해 타인과의 대화가 가져오는 강력한 환기의 효과를 설명했다. 나는 이 '그물'의 효과가 독서에도 똑같이 적용된다고 생각한다. 그물은 통상 무언가를 읽는 과정에서의 '인풋'과는 다른 차원이다. 인풋은 단순히 상대의 말을 고스란히 받아들이는 것인데 반해 독서를 통해서는 받아들인 후의 환기 과정까지 일어나기 때문이다.

예를 들어 인류의 출퇴근 역사를 다룬 독특한 책 『출퇴근의 역사』를 읽기 전까지 나는 출퇴근에 대해 다른 사람과 크게 다르지 않은 수준의 생각만 가지고 있었다. 대도시에서 대중교통으로 10년 넘게 출퇴근해 온 사람으로서 출퇴근의 고단함에 가장 관심이 컸고, 막연하게 출퇴근이 사라진다면 정말 좋겠다는 생각 정도만 하는 식이었다. 하지만 이 책을 읽으며 19세기 이후 철도 통근자·여행자는 어떻게 해서든 이동 시간을 즐기려고 다양한 시도를 했다는 것을 알게 되었다. 19세기 미국의 열차 통근자는 다른 승객과 카드놀이를 하다가 내릴 정류장을 지나치기도 했고, 기차에서 아령을 들어올리기도 했다. 20세기 초 철도문고의 유행 역시 통근의 지루함을 달래기 위한 산물이었다.

이런 흥미로운 읽을거리들을 접하고 나면 저자가 굳이 현대의 통근에 대해 말하지 않더라도 독자는 자연스럽게 오늘날의 통근에 대해 생각하게 된다. 그저 통조림 안에든 꽁치처럼 웅크린 채 출퇴근 시간을 지옥처럼 보내는 것이 과연 좋을까? 통근 시간이라는 게 아예 사라지면 정말 행복해질까? 어쩌면 우리 스스로가 출퇴근 시간을 나쁜 경험으로만 채우고 있는 건 아닐까?

내가 출퇴근과 관련해 이런 식의 밀도 높은 생각을 이어 나갈 수 있었던 건 출퇴근과 관련된 책을 읽었기 때문이다. 다만 책을 읽으며 단순히 내용을 따라가기만 한 것이 아니라 그 시간을 오늘날 나의 상황과 그간의 생각을 연결지어 '출퇴근에 대해 생각하는 기회'로 삼았다. 이 때문에 평소 굳이 떠올려 볼 기회가 없었던 출퇴근에 대해 몇 시간이나마 골똘히 생각할 수 있었다. 책을 쓴 사람은 출퇴근이라는 주제에 대해 나보다 훨씬 오랫동안 다방면으로 자료를 조사하며 고민한 사람이다. 새삼스럽게 생각해 보면, 우리가 살아가면서 이런 '굉장한 기회'에 접할 일은 거의 없다.

출퇴근 뿐 아니라 미니멀리즘·인구 문제·유머 등 다른 다양한 문제들도 마찬가지다. 심지어 책이 다루는 주제에 대해 깊이 생각해 보고 싶다는 의도 없이 책을 집어든 경우에도, 책은 막연하게만 인지하고 있던 문제를 본격적으로 깊게 파고들어 볼 수 있도록 하는 계기가 되어 주었다. 실은 뉴스레터를 보내는 기간이 길어질수록 책의 내용을 곧장 따라가는 경우보다도, 매 회차를 또는 매 책을 막연한 생각을 구체화해 볼 '기회'로 삼게 되는 경우가 많아지는 듯하다.

⊙ ⊙

메모지를 옆에 두고 책을 읽을 때, 보통은 책을 읽기 전과 후에 모두 메모를 한다. 예를 들어 책 한 권을 빌려오면 책을 본격적으로 펼쳐 보기 전에 어떤 계기로 이 책에 관심이 생겼는지·책이 세간에서 어떤 평가를 받고 있는지·어떤 부분이 나의 호기심을 건드렸으며·읽기 전 어떤 내용을 기대하고 있는지·이 주제에 대해 책을 읽기 전에 나는 어떤 생각을 갖고 있었는지 등을 길게 쓴다. 이는 대체로 책 제목·저자 소개·차례·책 표지 정도만 참고해도 쓸 수 있는 내용이다. 그런 후에 책을 꼼꼼하게 읽고 예상과 빗나간 부분·예상 외로 좋았던 부분·내 생각이 바뀐 부분 등을 쓴다. 이런 메모를 나중에 다시 보면 의외로 책을 읽고 난 후보다 읽기 전의 노트가 더 촘촘한 경우가 많다. 그럼 이 글은 과연 책을 읽고 쓴 것일까? 알쏭달쏭하지만, 중요한 건 내가 서가를 어슬렁거리며 그 책에 닿았고·이전부터 나는 책이 다루는 주제를 머릿속으로 굴려 왔고·이 책을 집어 들고 앉은 것이 계기가 되어 그 주제에 대해 작정하고 생각을 펼칠 기회를 가졌다는 것이다.

이 과정은 대체로 뉴스레터를 새로 쓸 때마다 활발하게 일어난다. 아무리 좋은 책이라도 책과 나 사이에 이런 사소한 '느낌표'들이 없다면 전혀 글을 쓸 수 없을 것이다. 책은 여전히 책이고 나는 여전히 나일 테니, 이를 다른 사람에게 전달해 감동을 주는 형태의 글로는 생산할 수 없을 것이다. 그런 글은 그저 책에 대한 '요약'이나 '정보'일 뿐, 책을 읽고 난 후의 '생각'이라고는 할 수 없다. 내게는 책이 나를 통과하도록 하는 것이 독서이며, 그 궤적을 갈무리한 것이 글이다.

원효대사처럼 깨달음이 깊은 사람이라면 해골물이나 굴러가는 돌멩이만 보고서도 깊은 통찰을 할 수 있을 것이다. 실제로 많은 소설가·작가는 신문지에 실린 아주 작은 사건 기사 하나를 읽고서 그것을 계기로 생각을 펼치고 걸작을 쓰기도 한다. 다만 나는 무엇을 통해서든, 밀도 있는 사고를 하는 훈련 과정을 묵묵하게 겪어 내야 한다고 생각한다. 그렇지 않고서는 흰 종이를 앞에 둔 막막함 속에서 내내 서성댈 수밖에 없을 것이다.

내게 책은 비교적 간편하게 어떤 주제에 대해 밀도 있는 사고를 할 수 있게 도와주는 '그물'이다.

나가는 말

읽기가 열어 주는 즐거운 소통, 환대의 세계

책에 대한 책이 첫 책이 되었다. "책을 지팡이 삼는다"는 뉴스레터를 기획하고 써 온 사람으로서 당연한 일일지 모르겠으나, 실은 책을 쓰는 내내 스스로와 꽤 지난한 사투를 벌여야 했다. '읽기'에 대한 내용을 써야 하는데, 쓰다 보면 자꾸 나도 모르게 '쓰기'에 대한 내용을 끄적이고 있었기 때문이다. 그렇게 고이는 물을 내다 버리고 또 내다 버리며 원고를 마무리했다.

애초에 읽기와 쓰기, 그 둘이 무를 자르듯 나뉘지 않는 것이기는 하다. 하지만 이 책의 집필을 계기로 새삼 내 안에서 읽기와 쓰기는 정말로 떼어 놓을 수 없는 동사라는 생각을 하게 되었다. 책 그리고 읽기에 대한 책을 썼지만, 마지막은 필연적으로 '쓰기'에 대한 생각을 썼다. 과연 내게 쓰기란 어떤 의미인가?

서문에서도 말했지만, 애초에 나는 '읽기 위해' 본격적으로 책을 읽기 시작한 것이 아니다. 나의 '읽는 욕망' 가장 내밀한 핵에는 항상 쓰기, 진정성 있는 소통의 욕구가 자리 잡고 있었다. 내 이야기를 누군가가 들어주었으면 좋겠다, 나와 생각이 다른 사람도 내 글을 읽고 공감하거나 공감하지 않더라도 비판을 해 주었으면 좋겠다는 생각이었다. 하지만 수년간 기사를 쓰면서도 대체로 누구도 듣지 않는 허공에 소리를 지르고 있는 듯했다. 그리고 어느샌가 나 역시 기계적으로 취재하고 쓰고 있는 것 같았다. 그런 생각이 들 때마다 소름이 돋고 답답해졌다.

이런 답답증은 단지 자기 표현 욕구나 인정 욕구에서 기인하는 것이었을까? 아예 아니라고 할 수는 없겠지만, 그보다는 무표정하고 무뚝뚝한 청중의 '멱살'을 붙잡고 싶다는 욕구 쪽에 가까웠다. 서로 자신의 귀는 막고 주장만 늘어놓는 세상에서, 애초부터 '같은 생각'을 하는 사람끼리만 모이는 것이 당연한 세상에서, 아주 조금이라도 각자를 막고 있는 벽에 조그만 구멍을 뚫고 싶었다. 때마다 비슷한 갈등으로 맹렬하게 헛돌고, 혐오와 불통만 가득한 공론장에 조금이라도 의미 있는 소통의 다리를 놓고 싶었다. 서로 다른 생각을 가진 사람들이 조금이라도 상대의 목소리에 귀를 기울일 수 있다면, 조금 더 '진짜' 이야기를 나눌 수 있다면, 우리는 조금 더 의미 있는 생각을 할 수 있지 않을까? 세상이 조금 더 재미있어지지 않을까?

애초에 의미와 재미를 아주 떼어놓을 수도 없다. 사람은 논리로만 설득되는 존재가 아니기 때문이다. 읽는 맛이 있고 함께 끄덕거릴 마음이 나야 서로 다른 의견 사이에도 소통의 가능성이 생긴다.

어쩌면 이 시대 불통의 상당수는 글에서 읽는 맛이랄지 쓴 자의 얼굴, 일체의 골계가 사라졌기 때문일지도 모른다. 골계는 단순히 웃기고 마는 일이 아니다. 남을 웃기고 싶어 하는 장난기다. 상대가 아무리 미워도 일단 함께 웃어보자고 초대하는 여유다. 각자가 서로의 입장에서 주장을 가지되 이 모든 게 조금은 그냥 웃기고 마는 일이라고 그리고 우리는 모두 같은 것에 웃을 수 있는 사람이라는 공감의 여지를 재어 두는 일이다. 웃고 나면, 재미난 이야기를 읽고 나면 일단은 생각이 조금 바뀔 수도 있다.

　이는 설득하는 직업을 가진 사람으로선 아주 중요한 지점인데, 오늘날 대부분의 사람들은 자신의 주장을 털끝만큼도 바꿀 가능성이 없어 보인다. 어떤 대의가 중요하다고 판단하는 것과 거기에 동의하는 것이 완전히 다른 차원의 문제라는 것을, 나는 어설프게 쓰는 자로서 살아 온 지난 십여 년간 절실하게 깨달았다. 조금 하찮고 웃기는 방식으로라도 벽을 부수는 글은 오늘날 찾기 힘들다. 특히나 시사적이고 논쟁적인 주제에 대해서는 말이다. 그런 글을 읽고 싶었고, 없다면 내가 써 보고 싶었다. 그런 마음이 이제껏 나를 이끌어 온 가장 강한 원동력이다.

　하지만 쓰기는 다시금 읽기와 연결된다. 만약 읽기(책)가 없었다면 나는 아마도 내가 선 자리에서 무언가 색다른 글을 써 보겠다고 시도하지 못했을 것이다. 아니, 시도했어도 만족스럽지 않았을 것이다. 다른 사람이 진짜로 읽어 주는 글을 쓰고 싶다는 생각은 내 안에서 오랫동안 아주 막연하게 잠자고 있었을 뿐, 실제로 내가 어떤 종류의 시도를 할 수 있으리라는 생각은 하지 못했다. 그러던 중 뉴스레터를 준비하며 우연히 만난 어떤 종류의 '책'들이 내 안의 답답증의 대기와 만나 폭발했다. 마치 가스로 가득 차 있던 방 안에 성냥을 그은 것처럼. 참 신기한 일이다. 대체 책이 뭐라고? 이 책은 그간 스스로의 경험을 되돌아보며, 나름대로 그 물음에 답해 보려 한 궤적이다.

다만 조금 아쉬운 점이 남기도 한다. 일단 본문에서 책에 대해 다소 책이 제공하는 '정보'의 측면을 위주로 풀어냈다는 점이다. 나는 당연히 책을 '정보'를 얻기 위해서만 보는 것이 아니고 '쓸모'에만 집중해 읽지 않는다. 다만 오늘날 '가치 있는 텍스트'들이 책에 얼마나 모여 있는지를 보여주면 책을 안 읽던 사람도 설득할 수 있으리라는 생각이 들어 이 부분에 초점을 맞췄다.

실은 내가 가장 좋아하는 독서 경험은 제 몫의 쓸모를 훌쩍 넘어 버린 책들을 그저 붙잡고 읽으며 딴 생각의 타래를 끝없이 엮고 또 엮어 가는 것이다. 물론 거의 매주 마감을 해야 하는 마감노동자로서 그런 경험을 하기 위한 시간을 내기는 어렵지만, 어떻게 해서든 마감과 마감 사이에 그런 읽기의 '절대 시간'의 울타리를 확보하는 것이 나의 주된 관심사이자 목표이다. 그리고 재미있는 것은, 이 같은 독서에서 뉴스레터의 주제가 나오는 경우도 왕왕 있다는 것이다. 그런 글을 쓰는 경험은 내게도 훨씬 흥미롭다.

⊙ ⊙

읽기(독서)가 부재한 쓰기, 쓰기가 부재한 읽기는 모두 조금은 허전하다. 전자는 자신의 세계를 뚫고 나가기 어렵고 그저 진부한 자기만족이 될 가능성이 높다는 점에서, 후자는 읽기의 절박성이 덜해질 수 있다는 점에서다.

이렇게 놓고 보면, 또 하나 책의 무엇보다도 중요한 가치가 도출된다. 책은 자신이라는 비좁은 세계를 뚫고 나갈 수 있도록 해 주는 도구다. 책은 단단하게 굳어져 버린 나의 껍질을 깨고 그 사이로 맵고 신선한 바람을 불어넣는다. 책을 다양하게, 함부로 읽을수록 나를 둘러싼 껍질은 더 자주 깨진다. 단, 책이 나의 껍질을 깨는 계기가 되려면 어느 정도 절박한 읽기 태도가 필요하다. 다소 절박하고 다급하게 굴지 않으면 책은 그저 내 껍질 위를 편하게 미끄러져 스쳐

지나갈 뿐이다. 칼럼이든 어떤 장르의 글이든 그렇게 깨어진 부분에서 좋은 글이 나온다고 생각한다. 그리고 그 다급함은 억지로 만들어 낸 다급함이 아니라, 책장 위에서도 진짜로 '나의' '우리의' 문제를 생각하는 질문들에서 나온다.

⊙ ⊙

앞으로 나는 그리고 우리는 어떻게 읽어 갈까? 앞으로의 읽기 도구는 메타버스나 전자책이 될까? 새로운 종류의 플랫폼, SNS가 될까? 아니면 갑자기 천지가 개벽해서 종이책 전성시대가 올까? 물론 나는 종이책을 아주 좋아하지만 아쉽게도 마지막 경우의 가능성은 그렇게 크지 않다고 생각한다. 어찌됐든 사람들의 기술과 주된 읽기 습관은 바뀌고 있고, 나 역시 주로 뉴스레터라는 온라인 매체를 통해 독자들과 소통하고 있다.

실은 이런 질문들의 근본에는 '우리는 어떻게 소통해 갈 것인가?'라는 문제가 있다. 인류는 역사적으로 어떤 방법으로든 소통해 왔고, 앞으로도 소통해 갈 것이다. 다만 여기서 중요한 것은 '도구' 그 자체보다도 우리가 바뀐 도구들

사이에서 어떻게 의미 있고 멋과 재미도 있는 소통으로 우리의 경험을 채워 갈 수 있을 것인가의 문제다.

나는 그 핵심을 결국은 내가 읽은 수많은 책들 속 저자의 '수고'와 당대에 그 책들을 읽고 감격하고 널리 알려야겠다고 결심한 사람들의 '수고' 그리고 그런 수고로운 텍스트들을 시공을 초월하여 진득하게 읽어 낸 수많은 신실한 독자들의 '수고'에서 찾고 싶다. 그 고갱이를 존중하고 또 지켜 갈 수 있다면, 미래에도 꼭 종이책이 아니더라도 어떤 형태로든 계속 의미 있는 소통을 해 갈 수 있을 것이다.

반대로 아무리 번쩍한 기술이 우리 앞에 놓여 있어도, 그런 많은 '수고' 없이 매끈하게 모든 것이 자동으로 가능해질 것이라는 말을 나는 도무지 믿고 싶지 않다. 이 때문에 나는 아직까지 우리가 종이책에 대한 이야기를 당연히 해야 한다고 생각한다. 오늘날에도 여전히 어떤 종류의 종이책들이 품고 있는 그 번거로움, 수고 들 때문에 말이다.

주

들어가는 말

1 「전도서」12장 12절 『성경』(개정개역판)

2 정민, 『다산어록청상』(푸르메, 2007)

3 피터 버크, 『지식의 사회사1』(박광식 옮김, 민음사, 2017)

4 헨리 페트로스키, 『책이 사는 세계』(정영목 옮김, 서해문집, 2021)

5 "신문종람소에서는 (······) '유식한' 이가 지역민들 앞에서 신문 따위의 읽을거리를 낭독하고 설명하였다. 이로써 글을 읽을 수 없는 '무식한' 이들도 동서고금의 사정을 다 알 수 있었다." "유식한 한 사람이 높은 의자에 앉아서 신문을 낭독한 뒤에 뜻을 설명하면 내외국의 사정과 고금의 형편을 모를 것 없이 다 알게 되었다. — 김유탁(1907)" — 천정환, 『근대의 책 읽기』(푸른역사, 2014)

6 나가미네 시게토시, 『독서 국민의 탄생』(송태욱·다지마 데쓰오 옮김, 푸른역사, 2010)

7 「유튜브도 독서인가」『경향신문』 2023. 10. 12.

1

1 「책 덮은 대한민국, 당신은? ··· 1년간 단 한 권도 안 읽은 성인 53퍼센트」『매일경제』 2022. 10. 9.

2 "일제 국제조사 1930년 문맹률 조사 통계에 따르면, 일본어와 한글 모두 읽을 수도 쓸 수도 없는 '문맹자'의 비율이 약 78퍼센트에 달했다. 일부 농촌지역의 경우 전체 마을에 신문을 읽을 수 있는 사람이 한 명에 불과한 경우도 있었다." —노영택, 「일제 강점기 문맹률 추이」『국사관 논총』51(국사편찬위원회, 1994)

3 「Pearls Before Breakfast: Can one of the nation's great musicians cut through the fog of a D.C. rush hour? Let's find out.」『워싱턴포스트』2007. 4. 8.

4 이준웅, 「백년 전 언론 전문직 대변 논리로 등장 … 한국 기자의 새로운 정체성 고민할 때: 객관성은 어떻게 저널리즘의 기본 가치가 됐나」『신문과 방송』2020. 9.

2

1 부르크하르트 슈피넨, 『책에 바침』(김인순 옮김, 쌤앤파커스, 2020)

2 우치다 다쓰루, 『어떤 글이 살아남는가』(김경원 옮김, 원더박스, 2018)

3 오에 겐자부로, 『나의 나무 아래서』(송현아 옮김, 까치, 2001)

4 마이라 맥피어슨, 『모든 정부는 거짓말을 한다』(이광일 옮김, 문학동네, 2020)

3

1 『매일경제』2021. 10. 8.

2 『연합뉴스』2021. 12. 17.

3 『부산일보』2023. 2. 6.

4 「전문가들이 말하는 '4050에게 책이 필요한 이유」『독서신문』
2023. 4. 27.

4

1 빌렘 플루서,『몸짓들』(안규철 옮김, 김남시 감수, 워크룸프레스,
2018)

2 https://datareportal.com/reports/digital-2022-global-
overview-report

3 「요즘 네이버에서 뉴스 얼마나 보고 있습니까」『미디어오늘』,
2023. 5. 17.

4 「가짜뉴스 SNS 전파 속도 '진짜'보다 최고 20배 빨라」『경향신문』
2018. 3. 9.

5 송의달,『뉴욕타임스의 디지털 혁명』(나남, 2021)

6 「Publishers Worry A. I. Chatbots Will Cut Readership」
『Newyork Times』2023. 3. 30.
https://www.nytimes.com/2023/03/30/business/media/
publishers-chatbotssearch-engines.html?action=click&mod
ule=RelatedLinks&pgtype=Article

7 「인터뷰 이청아×허윤선: 시절인연」『릿터』35호(민음사, 2022)

8 박현수,『온라인 커뮤니티, 영혼들의 사회』(갈무리, 2023)

9 김아미,『온라인의 우리 아이들』(민음사, 2022)

5

1 다치바나 다카시, 『지식의 단련법』(박성관 옮김, 청어람미디어, 2009)

2 앤드루 페티그리, 『뉴스의 탄생』(박선진 옮김, 태학사, 2022)

3 위키백과: 신뢰할 수 있는 출처, 위키백과: 신뢰할 수 있는 출처 목록(2024. 2. 8 확인)

4 국제의학학술지편집인위원회(ICMJE)

5 「ChatGPT Is a Blurry JPEG of the Web」
https://www.newyorker.com/tech/annals-of-technology/ chatgpt-is-a-blurry-jpeg-of-the-web

6 「The Curse of Recursion: Training on Generated Data Makes Models Forget」
https://arxiv.org/abs/2305.17493v2

6

1 버나드 셀라·레오 핀다이센·아그네스 블라하, 『NO-ISBN 독립출판에 대하여』(김재경·노다예 옮김, 엔커, 2021)

2 https://www.orbitmedia.com/blog/website-lifespan-and-you/

3 Walt Crawford and Michael Gorman, Future Libraries: Dreams, Madness & Reality, Chicago: ALA, 1995, p.5. 이용재, 『도서관인물 평전』(산지니, 2013)에서 재인용.

7

1   나오미 배런, 『다시, 어떻게 읽을 것인가』(전병근 옮김, 어크로스, 2023)

2   류동민, 「경제학원론① 도미즈카 료조」『경향신문』 2017. 5. 1.

3   다카다 아키노리, 『어려운 책을 읽는 기술』(안천 옮김, 바다출판사, 2017)

8

1   데틀레프 블룸, 『책의 문화사』(정일주 옮김, 생각비행, 2015)

2   Stanovich, K.E., 「Matthew effects in reading: Some consequences of individual differences in the acquisition of literacy」『Reading Research Quarterly』 21, 360–407(1986)

3   알렉스 라이트, 『분류의 역사』(김익현·김지연 옮김, 디지털미디어리서치, 2010)

4   매리언 울프, 『다시, 책으로』(전병근 옮김, 어크로스, 2019)

9

1   에드먼드 버크·체사레 보네사나 마르케세 디 베카리아·프리드리히 니체, 『위대한 서문』(장정일 엮음, 열림원, 2017)

2   버지니아 울프, 『자기만의 방』(정윤조 옮김, 문예출판사, 2011)

3   마크 피셔, 『k-펑크 1』(대런 앰브로즈 엮음, 박진철·임경수 옮김, 리시올, 2023)

10

1 탕누어, 『마르케스의 서재에서』(김태성·김영화 옮김, 글항아리, 2017)

2 장 자크 루소, 『고독한 산책자의 몽상』(진인혜 옮김, 책세상, 2013)

3 샤를 단치, 『왜 책을 읽는가』(임명주 옮김, 이루, 2013)

4 Henry Lyonnet, 『Le Cid De Corneille』(1929). 프레데리크 루빌리아, 『베스트셀러의 역사』(이상해 옮김, 까치, 2014)에서 재인용

5 린위탕, 『생활의 발견』(개정4판, 박병진 옮김, 육문사, 2020)

6 나쓰메 소세키, 『나쓰메 소세키 — 인생의 이야기』(박성민 옮김, 시와서, 2019)

7 김홍중, 『은둔기계』(문학동네, 2020)

11

1 조르주 페렉, 『공간의 종류들』(김호영 옮김, 문학동네, 2019)

2 숀케 아렌스, 『제텔카스텐』(인간희극, 2023)

3 모리타 마사오, 『수학의 선물』(박동섭 옮김, 원더박스, 2019)

12

1 지바 마사야, 『공부의 철학』(박제이 옮김, 책세상, 2018)

13

1 사이토 다카시, 『메모의 재발견』(김윤경 옮김, 비즈니스북스, 2017)

참고 문헌

가와토코 유, 『나쓰메 소세키, 나는 디자이너로소이다』(김상미 옮김, 디자인하우스, 2013)

경향신문 사회부 사건팀 기획, 『강남역 10번 출구, 1004개의 포스트잇』(나무연필, 2016)

김성우·엄기호, 『유튜브는 책을 집어삼킬 것인가』(따비, 2020)

김아미, 『온라인의 우리 아이들』(민음사, 2022)

김윤식, 『김윤식 서문집』(사회평론아카데미, 2017)

김항·이혜령, 『인터뷰 한국 인문학 지각변동』(그린비, 2011)

김홍중, 『은둔기계』(문학동네, 2020)

나가미네 시게토시, 『독서 국민의 탄생』(송태욱·다지마데쓰오 옮김, 푸른역사, 2010)

나쓰메 소세키, 『나쓰메 소세키 - 인생의 이야기』(박성민 옮김, 시와서, 2019)

나오미 배런, 『다시, 어떻게 읽을 것인가』(전병근 옮김, 어크로스, 2023)

다치바나 다카시, 『지식의 단련법』(박성관 옮김, 청어람미디어, 2009)

다카다 아키노리, 『어려운 책을 읽는 기술』(안천 옮김, 바다출판사, 2017)

데틀레프 블룸, 『책의 문화사』(정일주 옮김, 생각비행, 2015)

도널드 A. 노먼, 『보이지 않는 컴퓨터』(김희철 옮김, 울력, 2006)

마크 피셔, 『k-펑크 1』(대런 앰브로즈 엮음, 박진철·임경수 옮김, 리시올,
2023)

롤프 도벨리, 『뉴스 다이어트』(장윤경 옮김, 갤리온, 2020)

린위탕, 『생활의 발견』(안동민 옮김, 문예출판사, 1999)

릿터 편집부, 『릿터』 35호(민음사, 2022)

마거릿 애트우드, 『돈을 다시 생각한다』(공진호 옮김, 민음사, 2010)

마이라 맥피어슨, 『모든 정부는 거짓말을 한다』(이광일 옮김, 문학동네,
2012)

매리언 울프, 『다시, 책으로』(전병근 옮김, 어크로스, 2019)

모리타 마사오, 『수학의 선물』(박동섭 옮김, 원더박스, 2019)

몽테뉴, 『수상록』(정영훈 엮음, 안해린 옮김, 메이트북스, 2019)

박현수, 『온라인 커뮤니티, 영혼들의 사회』(갈무리, 2023)

버나드 셀라·레오 핀다이센·아그네스 블라하, 『NO-ISBN 독립출판에
대하여』(김재경·노다예 옮김, 엔커, 2021)

버지니아 울프, 『자기만의 방』(정윤조 옮김, 문예출판사, 2011)

부크크하르트 슈피넨, 『책에 바침』(김인순 옮김, 쌤앤파커스, 2020)

비스와바 쉼보르스카, 『읽거나 말거나』(최성은 옮김, 봄날의책, 2018)

빌렘 플루서, 『몸짓들』(안규철 옮김, 김남시 감수, 워크룸프레스, 2018)

사이토 다카시, 『혼자 있는 시간의 힘』(장은주 옮김, 위즈덤하우스,
2023)

샤를 단치, 『왜 책을 읽는가』(임명주 옮김, 이루, 2013)

송의달, 『뉴욕타임스의 디지털 혁명』(나남, 2021)

아즈마 히로키, 『약한 연결』(안천 옮김, 북노마드, 2016)

알렉스 라이트, 『분류의 역사』(김익현·김지연 옮김,
  디지털미디어리서치, 2010)

알베르토 망구엘, 『독서의 역사』(정명진 옮김, 세종서적, 2000)

앤드루 페티그리, 『뉴스의 탄생』(박선진 옮김, 태학사, 2022)

야마무라 오사무, 『천천히 읽기를 권함』(송태욱 옮김, 샨티, 2003)

에드먼드 버크·체사레 보네사나 마르케세 디 베카리아·프리드리히
  니체, 『위대한 서문』(장정일 엮음, 열림원, 2017)

오사와 마사치, 『책의 힘』(김효진 옮김, 오월의봄, 2015)

우치다 다쓰루, 『어떤 글이 살아남는가』(김경원 옮김, 원더박스, 2018)

움베르트 에코, 『책으로 천년을 사는 법』(김운찬 옮김, 열린책들,
  2009)

이탈로 칼비노, 『어느 겨울밤 한 여행자가』(이현경 옮김, 민음사, 2014)

장 자크 루소, 『고독한 산책자의 몽상』(진인혜 옮김, 책세상, 2013)

잭 린치, 『지식의 전진, 바빌론에서 위키까지』(이혜원·윤소영·최대식
  옮김, 커뮤니케이션북스, 2021)

정경영, 『음악이 좋아서, 음악을 생각합니다』(곰출판, 2021)

정민, 『다산어록청상』(푸르메, 2007)

정철, 『검색, 사전을 삼키다』(사계절, 2016)

제니 오델, 『아무것도 하지 않는 법』(김하현 옮김, 필로우, 2023)

조르주 페렉, 『공간의 종류들』(김호영 옮김, 문학동네, 2019)

조병영, 『읽는 인간 리터러시를 경험하라』(쌤앤파커스, 2021)

조병영·이형래·조재윤·유상희·이세형·나태영·이채윤, 『읽었다는
  착각』(EBS BOOKS, 2022)

지바 마사야, 『공부의 철학』(박제이 옮김, 책세상, 2018)

천정환, 『근대의 책 읽기』(푸른역사, 2014)

탕누어, 『마르케스의 서재에서』(김태성·김영화 옮김, 글항아리, 2017)

피에르 바야르, 『읽지 않은 책에 대해 말하는 법』(김병욱 옮김, 여름언덕, 2008)

피터 버크, 『지식의 사회사1』(박광식 옮김, 민음사, 2017)

헨리 페트로스키, 『책이 사는 세계』(정영목 옮김, 서해문집, 2021)

지금도 책에서만 얻을 수 있는 것
: 사람들이 읽기를 싫어한다는 착각

2024년 3월 4일   초판 1쇄 발행
2025년 1월 24일   초판 5쇄 발행

지은이
김지원

펴낸이	**펴낸곳**	**등록**
조성웅	도서출판 유유	제406-2010-000032호 (2010년 4월 2일)

주소
경기도 파주시 돌곶이길 180-38, 2층 (우편번호 10881)

전화	**팩스**	**홈페이지**	**전자우편**
031-946-6869	0303-3444-4645	uupress.co.kr	uupress@gmail.com

	페이스북	**트위터**	**인스타그램**
	facebook.com /uupress	twitter.com /uu_press	instagram.com /uupress

편집	**디자인**	**조판**	**마케팅**
사공영, 백도라지	이기준	정은정	전민영

제작	**인쇄**	**제책**	**물류**
제이오	(주)민언프린텍	라정문화사	책과일터

ISBN 979-11-6770-084-1 03800